KB197616

타키모토 류타
Takimoto Ryuta

회사에선 단정하게 정장을 입고 다니며
슈퍼 쿨에 말수는 적어도 영업 실적은
항상 상위권. 외모도 좋아서 이성에게
고백을 받는 일도 많다. 은밀히
사츠키에게 호감을 갖고 있다.

본모습은
지하 아이돌
오타쿠?!

지구연결군

회사에서는 오타쿠 취미를
감추고 쿨한 모습을
연기하지만, 사생활에서는
지하 아이돌 그룹
'디저트 로즈'를 경애하는
진성 돌덕. 아이돌을
좋아하는 감정이 커져서
작곡도 할 정도로
중증 오타쿠다.

아이자와 사츠키
Aizawa Satsuki

문구 디자이너로 일하는 직장인.
회사 내에서는 쿨하고 아름답고 일은 완벽하게
처리한다는 평가가 높지만, 사츠키 자신은
연애 문제에선 한 걸음 물러나 있으며,
본가에서 결혼 재촉하는 것에 질색하고 있다.

부업은
실력자
동인작가?!

본업 외에 부업으로 동인작가 활동을 하고 있다.
동인 이력이 길며 베테랑 레벨이다. 지난
몇 년은 벽 서클이라 불리는, 벽 쪽에 배치되는
인기 작가가 되었다. 류타와는 동인지
판매회를 통해 알게 되는데……?

오타쿠 동료와 위장 결혼한 결과, 매일이 미치게 즐거워!

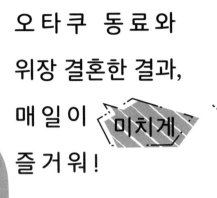

코일 Coil

일러스트 = 유키코

presented by Coil
illustrated by Yukiko

①

두
사
람
의
만
남
편

■제1화 갑작스러운 프러포즈

"데이터 보냈습니다."

"하여간 빨라, 수고했어—."

"확인 부탁드려요."

나, 아이자와 사츠키는 동료인 세가와 에미를 향해 미소 지었다.

시간을 확인하니 16시 55분, 완벽했다.

세가와 씨는 내가 보낸 데이터를 확인하면서,

"아이자와 씨는 늘 일을 시간 잘 지켜서 완벽하게 해낸다니까, 멋지다."

대단해… 라며 한숨을 내쉬었다.

나는 "그렇지 않아요" 라고 가볍게 겸손을 떨며 짐을 가방에 담았다.

사실 세가와 씨가 진짜로 실력 발휘하면 내 몇 배는 빠를 거다.

나는 무슨 일이 있어도 17시에는 퇴근하고 싶은 것뿐이다.

"그럼 가보겠습니다."

나는 펌프스 소리를 울리며 디자인부를 빠르게 나왔다.

미대에서 취직 자리를 고를 때 동급생의 반 이상이 꿈을 좇아 사라졌다. 일로 하는 디자인은 즐겁지 않다, 좋아하는 그림만 그리고 싶다….

하지만 나는 취직하는 길을 선택했다. 그 조건은 단 2개.

하나는 '정시에 퇴근할 수 있을 것', 그리고 다른 하나는….

'부업 허가'

"으아아~ 너무 피곤해~."

나는 '매진됐습니다!'라고 적은 종이 위에 엎드리며 한숨을 쉬었다.

판매회장은 열기가 넘쳤고, 많은 사람들이 커다란 봉투를 품에 안고 돌아다니고 있었다.

모두 곱게 화장했지만, 나는 티셔츠에 생얼, 머리는 하나로 질끈 묶은 상태다. 엎드리자 앞머리가 스르륵, 앞으로 흘러내린다.

그걸 대충 위로 틀어 올렸다. 이젠 몰라….

회사에선 펌프스를 신고 완벽하게 화장하고 옷도 깔끔하게 입고 노력하니까 여기선 좀 봐줘라, 정말 죽을 것 같단 말이야.

"이번엔 진짜 못 넘길 줄 알았는데."

나는 안도의 한숨을 쉬었다.

알고 지낸 지 오랜 사이로 늘 판매원 일을 맡아주는 와라비는,

"이번엔 난산이긴 했죠~."

라며 선물로 받은 전병을 오독오독 씹어먹고 있다.

나는 본업으로는 문구 디자이너, 부업으로 동인작가를 하고 있다.

동인 경력은 중학교 때부터 따져서 15년 이상, 완전히 베테랑 작가 영역으로 지난 몇 년은 벽 서클이라고 하는, 벽 쪽에 배치되는 인기 작가가 되었다.

동인은 장르의 인기가 크긴 하지만 가끔 스트리밍 사이트에서 오리지널도 그리고 있는 내 입장은 안정적이라 할 수 있겠다.

다만 만화가로서 살아갈 정도의 실력은 없고, 본가를 나오는 조건 중 하나가 '취직'이었기 때문에 계속 이 상태다.

하지만 업무에서 필요한 것을 그리고 취미로 좋아하는 것을 그리는 생활이 나는 최고로 마음에 든다.

"그림을 그릴수록 페이지가 늘어서 뭐가 뭔지 이해가 안 됐단 말이야."

나는 와라비가 먹고 있는 전병을 하나 얻어 오독오독 씹었다.

아아, 피로와 탈수에 소금기가 쫙 스며드는구나.

"콘티가 계속 늘어나긴 했죠."

와라비는 초코파이도 있다며 책상 아래에 놓인 간식 박스를 끌어냈다.

그렇지, 전병 다음은 초콜릿이지.

나는 그걸 받아 들고 오물오물 먹었다. 아아, 철야한 몸에 달콤함이 짜릿하게 맛있다.

매번 죽을 만큼 지치는데 이벤트는 즐거워서 매회 신간을 만들게 된다.

"다음은 겨울에 올 수 있나."

"아아, 쿠로이 씨, 여름엔 안 나오죠—."

와라비는 핸드폰 스케줄을 확인하며 말했다.

맞아.

나는 포카리를 마시며 끄덕였다.

그게 또 하나의 조건이다. 우리 본가는 시골에서 여관을 경영하고 있는데 여름휴가인 7일 동안은 꼭 도우러 온다는 약속을 한 뒤에야 집을 나올 수 있었다.

스케줄상으로도 통으로 써야 하기 때문에 매년 여름 코믹엔 참가하지 못한다.

그건 포기해서 상관없지만 무엇보다 싫은 것은,

"또 결혼하란 소릴 듣겠지….."

나는 한숨을 쉬었다.

"쿠로이 씨는 매년, 아니 만날 때마다 그렇게 투덜거리더라."

와라비는 꺄하하 하고 경쾌하게 웃었다.

나는 책상을 쾅 치며 한탄했다.

"여관은 오빠가 이을 거고 부인도 좋은 사람이고~ 애도 남녀 한 명씩 완벽한데! 그런데 이제 나뿐이라 모든 불만이 나한테 모인다는 게 문제야. 무슨 늦지냐, 진짜. 아니, 뭐가 어때서. 나 좀 제발 내버려둬!"

싫어, 싫어. 내려가기 싫어~.

나는 그만 큰 소리로 외치고 말았다.

정말 너무나 짜증난다. 친척 일동이 모인 자리에서 계속해서 '몸에 문제 있는 건 아니니', '남자한테 관심 없니', '누구 없니', '어쨌든 우리가 안심하게 해줘야지'라는 소릴 듣는 건!

"왜 부모를 안심시키기 위해 결혼해야 하냐고!"

자식의 행복을 빌어줘야 하는 거 아냐?!

나는 갖고 있던 페트병을 콰직 찌그러뜨렸다.

"맞아요, 부모는 다들 그 소리죠."

와라비는 낄낄대며 웃었다.

"엄마는 아빠에 대한 불평만 퍼부으면서 불행해 보이는데 왜 결혼하라고 하는 걸까."

"주변에 결혼해서 행복해 보이는 사람도 적은데 말이죠."

와라비의 말에 나는 힘차게 고개를 끄덕였다.

새삼 결혼에 꿈이 있는 것도 아니고, 결혼 전에 가볍게 연애하는 것도 귀찮다.

그런 시간이 있다면 원고하는 데 쓰고 싶고, 만화 카페에 틀어박혀 있고 싶다.

"아아, 위장결혼이든 뭐든 좋으니까 결혼하란 말 안 듣게 결혼하고 싶다. 입 좀 다물게 하고 싶네."

나는 턱을 책상에 올린 상태로 한숨을 쉬었다.

그때 눈앞에 누군가가 서 있는 게 보였다.

고개를 들자… 화려한 티셔츠에 헐렁헐렁한 바지… 무엇보다 커다란 카메라를 들고 있었다.

그리고 깊이 눌러쓴 모자.

아아, 코스프레 사진 찍는 사람… 찍덕인가?

와라비가,

"죄송합니다, 매진됐어요."

라고 말하자, 남자는 내 앞에 슥… 몸을 숙였다.

오늘은 5월치고는 더워서 다들 냄새가 나는데 산뜻한 비누 냄새가 은은하게 풍겼다.

남자는 내 눈앞에서 무릎을 꿇고,

"그럼 저랑 결혼하지 않을래요?"

라고 말했다.

"네?"

이 사람, 내 눈앞에서 지금 뭐라고 한 거지?

"네? 뭐라는 거예요, 경비 불러요."

와라비가 벌떡 일어나 노려본다.

이벤트는 이상한 사람이 오면 즉각 경비를 부르는 게 철칙인데… 나는 은은하게 감도는 비누 향기를 떠올리며 와라비를 막았다.

"나…… 당신이랑 처음 보는 사이 맞죠? 경계하는 게 당연하지 않나요."

일부러 업무 모드를 켜서 냉정하게 말해보자 남자는,

"하긴, 알아볼 리가 없겠네요."

라며 모자를 벗었다.

"아!!"

…이렇게 되진 않았다. 이 사람, 누구야?

아무래도 처음 보는 사이 같은데?

내 표정을 보고 남자는 "아아, 그렇군요"라며 뒤로 묶었던 머리를 풀었다.

그제야 알 수 있었다.

"영업부 타키모토 씨다!!"

"안녕하십니까. 쿠로이 씨라고 하는 게 편하신가요?"

"아, 아, 아… 아이자와라고 해도… 상관없는데요…!!"

내가 동요하는 옆에서 와라비가

"쿠로이 씨 본명이 아이자와였군요."

라며 조용히 고개를 끄덕였다. 와라비와는 알고 지낸 지 10년이 넘었지만 서로 본명은 모른다.

아니, 인터넷 상의 이름조차 소재에 따라 자주 바뀌니까 기억 못 할 정도다.

나는 며칠 전까지만 해도 '쿠로베 담'이었고, 와라비는 '라디오 체조'였으니까. 그게 뭐냐.

그렇다. 나, 본명은 아이자와다.

아이자와가 맞긴 한데…!!

"타키모토 씨… 찍덕이에요?"

나는 조심스레 물었다.

타키모토 씨는 회사에선 슈퍼 쿨한 성격에 말수는 적지만 영업 실적은 좋고 회사에서 인기 최고인 하타노 씨가 고백해도 거절한 걸로 유명한데 말이다!

회사에선 비싸 보이는 양복을 단정히 차려입고 다니는데 이벤트장에선 견본 샘플 같은 전형적인 찍덕 패션이었다.

이래서 동요를 감출 수가 없었다.

타키모토 씨는,

"전 돌덕이에요. 오늘 최애가 코스프레를 해서 촬영하러 온 거고요. 잘 부탁드립니다."

업무할 때처럼 정중하게 명함을 내민다.

건네받은 명함에는 '포카로P 타카피'라는 글씨가 엄청 귀여운 일러스트와 함께 적혀 있었는데… 그런데 포카로P?!

내 안색을 보았는지 타키모토 씨는,

"아이돌에 대한 애정이 커져서 포카로 곡도 만들고 있습니다. 몇 명이 불러주고 있죠."

회사에서처럼 눈가에만 살짝 미소를 그린다.

돌덕의 활동이 커져서 작곡을 하다니 완전 진성이잖아!!

……라고 생각했지만 벽 서클에 자기 영역을 가득 채운 거대한 포스터(A0 · 841×1189mm 벽 서클 표준 양도 결정 완료). 그 뒤에는 700권을 담아온 신간 상자 더미… 이 상태인 내가 할 말은 아니긴 했다.

"일단… 차라도 마실래요?"

나는 틀어 올렸던 머리를 슥 풀며 말했다.

"좋죠."

타키모토 씨는 반대로 풀었던 머리를 질끈 고쳐 묶었다.

사진을 찍을 때 방해돼서 기르는 거겠지~ 회사에선 쿨한 연출을 하려고 기르는 거라고 생각하겠지만.

　나는 묘하게 납득하고 말았다.

■제2화 그렇네요, 결혼하죠.

"언제부터 내가 동인지 그리는 거 알고 있었어요?"

근처 패밀리 레스토랑에서 아이자와 씨는 아이스커피를 한 모금 마셨다.

그 눈은 완전히 겁에 질려 있었다.

이런 표정도 지을 수 있구나.

나, 타키모토 류타는 속으로 쓴웃음을 지었다.

"쿠로이 씨는 회사에서 어때요?"

자신을 와라비라고 소개한 여자도 같이 와 있었다.

처음 접촉하는 거라 경계하는 건 당연하기 때문에 그 점에 불만은 없었다.

나는,

"마감을 잘 지켜주는 훌륭한 디자이너시죠."

라고 대답했다. 그리고 쿠로이 씨, 아니 아이자와 씨가 "에헤헷" 하고 기쁘게 미소 지은 것과 동시에 와라비 씨가 폭소를 터트렸다.

"쿠로이 씨, 일할 땐 마감 잘 지키는구나, 아하하하!!"

"와라비~?!"

아이자와 씨가 와라비 씨를 노려본다. 이런 표정도 지을 줄 아는구나. 나는 다시 생각했다.

아이자와 사츠키 씨는 우리 회사에서는 '미인 · 쿨한 성격 · 일은 완벽'한 것으로 유명한 사람이다.

그래서 이렇게 가까이에서 쉴 새 없이 바뀌는 표정을 보고 있는 게 무척 즐거웠다.

나도 회사에서는 쿨한 캐릭터라 지금은 표정을 무너뜨리지 않으려 조심하고 있다.

"회사에선 완벽하거든요… 그쵸?"

아이자와 씨가 날 보고 말해서 조용히 수긍했다.

"그럼 어떻게 오타쿠인 걸 알았어요?"

와라비 씨는 주문한 초코 파르페를 먹으며 말했다.

아이자와 씨도 몸을 앞으로 내밀며,

"나 회사에선 실수 안 한 것 같은데…."

눈살을 찌푸렸다. 그렇다, 아이자와 씨는 회사에서는 어떤 실수도 저지르지 않았다.

실수를 저지른 건 코미케 회장에서다.

나는 아이자와 씨의 가방을 슬쩍 보며 입을 열었다.

"그 iPad 커버… 우리 회사 시작품이잖아요."

"네?"

아이자와 씨는 가방 밖으로 살짝 빠져나온 iPad를 꺼내 뒤집더니 "아" 하고 말했다.

거기엔 우리 회사의 사명과 함께 'AIZAWA'라고 이름을 적은 견출지가 큼지막하게 붙어 있었다.

"쿠로이 씨, 이거 엄청 써놨는데. 신경 써본 적 없긴 한데 사방에 다 써있어요!"

와라비 씨는 탁자를 두들기며 폭소했다.

"이거… 앞에 종이랑 펜이 꽂혀서 편리하단 말이에요…."

아이자와 씨는 망연자실해하며 말했다.

"아니, iPad가 있는데 왜 종이랑 펜이 필요하냐고요. 앱 써서 그리면 되지."

와라비 씨가 진지하게 지적했다.

"아무래도 그런 말을 하시는 분이 많아서 상품화까지는 못 갔거든요. 그래서 시작품이 사내에 몇 개밖에 없을 거예요."

나는 설명했다.

"애플 펜슬과 볼펜, 두 개 꽂혀 있어!"

와라비 씨는 계속 웃고 있었지만, 아이자와 씨는 살짝 이맛살을 찌푸리며 불만스러운 표정으로 말했다.

"이거 엄청 편리하거든요. 로그인해서 앱 켜는 동안 머리에서 사라져 버리는 그림이나 말이 있잖아요."

"없어요~."

와라비 씨가 고속으로 지적한다. 있~다~고~! 아이자와 씨는 끼워 둔 종이를 보여주었다.

거기에는 아름다운 그림과 흘려쓴 글씨라 해석은 어렵지만 이런저런 말들이 적혀 있었다.

아이자와 씨는 작가니까 내가 상상하는 것보다 머리 회전이 훨씬 빠르겠지. 그래서 iPad에 로그인하는 시간조차 아쉬운 거다.

그리고… 나는 기뻤다.

사실 이 iPad 커버를 제안한 사람은 나였고, 모두 폭소를 터트렸는데 아이자와 씨만 "아주 좋아 보여요"라고 말해줬었으니까.

견출지에 이름까지 써 붙여 지금까지 쓰고 있다니 솔직히 감동이었다.

"제가 아이자와 씨를 처음 회장에서 본 건 작년 겨울 코미케였어요."

"네…?"

아이자와 씨는 불안한지 손에 든 종이에 그림을 그리고 있었는데 순간 파랗게 질려 고개를 들었다. 그 옆에서 와라비 씨는 눈을 빛내며 입을 열었다.

"그 전설의?!"

전설이라 할 정도의 상태였나. 나는 기억을 떠올리며 말했다.

"아이자와 씨는 얼굴에 iPad 커버를 펼쳐 올리고서 의자를 나란히 놓고 숙면을 취하고 있었죠."

"으하하하하!!"

와라비 씨가 폭소를 터트린다. 아이자와 씨는 머리를 감싸쥐었다. 그리고 변명에 들어갔다.

"전날까지 오랜 친구의 원고 작업을 도와줬거든요. 그런데 갑자기 멈춰버려서… 정말 힘들었어요."

"아뇨, 그 얼굴에 올려둔 iPad를 보고 아이자와 씨를 인식했어요."

아아… 그렇군요…, 아이자와 씨는 깊은 한숨을 쉬었다.

와라비 씨는 몸을 앞으로 쭉 내밀며 입을 열었다.

"어? 그럼 훨씬 전부터 알고 있었으면서, 그런데도 회사에선 한마디도 안 하고 반년 가까이 기다리다가 오늘 프러포즈를 한 건가요, 축하합니다!"

"아니… 알리지 않고 비밀로 해준 건 사실이긴 한데 왜 갑자기 프러포즈를?"

아이자와 씨가 속사포로 지적했다.

나는 그 말을 듣고 헛기침을 한 번 한 뒤 등을 곧게 폈다.

"저도 사정이 있어서 최대한 빨리 결혼을 하고 싶거든요. 표면상 성실한 회사원이라 고백을 받을 때도 있지만… 포카로P라는 거라든가, 돌덕이라는 사실을 말할 수가 없어서 늘 거절하고 있어요."

"이해해요, 그런 말을 할 수 없긴 하죠."

아이자와 씨가 눈을 감고 고개를 끄덕인다.

동의를 얻은 상황이 기뻐서 나는 계속 말을 이어나갔다.

"혼자 산 지 오래된 데다 혼자 생활하는 데 아무 문제도 없는데 누군가와 같이 사는 데 의미를 찾을 수가 없어요."

"완전 이해해요. 어? 몇 년이나 혼자 살았는데요?"

아이자와 씨가 몸을 앞으로 내민다.

"고등학교 졸업하자마자 바로니까 12년이요."

"나도 10년이에요. 못 하는 게 없긴 하죠. 이해해요."

회사에서는 거의 대화한 적이 없던 아이자와 씨가 눈을 빛내며 자기 이야기를 해준다… 는 사실이 너무나 기뻐서 긴장했다는 사실을 들키지 않게 위해 회사에 있는 것처럼 냉정한 표정을 지으며 말을 이어나갔다.

"회사에서 일 잘하고 취미를 소중히 여기는, 자신을 확립한 아이자와 씨라면 셰어하우스를 하듯 결혼할 수 있지 않을까 싶어서요."

"셰어하우스 같은 결혼…!"

아이자와 씨의 눈이 반짝 빛났다. 그리고 슉… 오른손을 앞으로 내밀었다.

"나랑 결혼해요, 타키모토 씨. 회사 동료이자 같은 오타쿠끼리 셰어하우스 결혼. 혼자 잘 살아갈 수 있으니 둘이서 한 번 살아봅시다."

……!

나는 아이자와 씨가 한 말에 깜짝 놀랐다.

혼자 잘 살아갈 수 있으니 둘이서.

바로 내가 하고 싶었던 말이다. 내 머리에 그런 말이 없었을 뿐이지.

앞으로 내민 손은 가늘고 부드러워 보이는 여성의 손이었고.

만져도 될까 주저하는데 아이자와 씨가 먼저 힘차게 잡아주었다.

진심 어린 안도와 함께 목소리가 튀어나왔다.

"잘 부탁드립니다."

우리의 맞잡은 손 옆에서 와라비 씨가 "셰어하우스 결혼? 그게 뭐야 … 그냥 동거인이랑 뭐가 다른데요?" 라고 중얼거리고 있었다.

아이자와 씨는 다시 의자에 앉고서 와라비 씨에게 말했다.

"결혼했다는 게 다르잖아."

네에~? 그게~ 다른가요? 라고 와라비 씨는 소리 지르고 있었지만, 나는 일단 교섭이 성립했다는 점에 안도했다.

왜냐하면 나는 모두가 비웃은 iPad 커버를 우습게 여기지 않고 받아들여줬을 때부터 은밀히 아이자와 씨를 좋아하고 있었기 때문이었다.

회사에서도 몰래 훔쳐봤고, 물론 Twitter도 팔로잉하고 있어서 오늘 이 자리도 모두 확인한 상태였다.

몰래 와봤더니 '위장결혼하고 싶다'는 말을 하길래 나도 모르게 한 걸음 앞으로 나서고 말았다.

이야기가 잘 풀려서 다행이다.

냉정한 표정을 짓고 있지만 내 손은 탁자 아래에서 떨리고 있었다.

아이자와 씨에게 나는 일개 셰어하우스 결혼 상대일 뿐이고 연애 감정이라곤 조금도 없다는 걸 알고 있지만 상관없었다.

나는 늘 접근할 타이밍을 노리고 있었다.

그래서 사실은 춤이라도 출 듯이 기뻤다.

털끝 하나 티내지 않고 미소 짓고 있긴 하지만 그만큼 기뻤다.

■제3화 우리 집에 온 걸 환영합니다.

내가 바로 타키모토 씨를 받아들인 데에는 이유가 있었다.

몇 년 전, 연수를 마친 신입 여직원이 임신해서 회사를 관뒀다.

입사한 지 2개월 만에? 그 바람에 회사는 발칵 뒤집혔지만 타키모토 씨는 냉정했다.

"축하합니다. 이런 건 타이밍이죠."

그리고 그녀를 출산 후에 프리랜서로 재고용해서 지금은 완전한 전력으로 활약하고 있다.

무엇보다 다른 여직원들이 출산으로 한 번 그만둔 뒤에도 돌아올 수 있는 곳이라고 생각하게 된 부분도 컸다.

그 조정의 선두에 섰던 것이 타키모토 씨였다. 그 순간의 감정에 휘둘리지 않고 냉정하게 실력과 미래를 보고 메리트를 차지할 줄 아는 사람이라고 당시의 나는 생각했었다.

그리고 BL존에서 상자에 파묻혀 있던 나를 보고도 동요는커녕 오타쿠 명함을 내밀며 프러포즈해주는 우수한 대응력.

무엇보다 '좋다'고 생각한 것이 혼자 산 지 12년이라는 점이었다.

너무 길어지면 남을 받아들일 수 없고 그보다 짧으면 가사나 생활력이 불안하다.

회사에서의 냉정한 타키모토 씨와 자기 생활을 잘 꾸려나가는 타키모토 씨.

그런 사람이라면 위장결혼, 아니 셰어하우스를 하는 데엔 최적이지 않을까?

그렇게 빠르게 타산이 작용했다.

만약 서로 힘들겠다고 판단되면 이혼하면 그만이니까.

이혼이 흔해진 요즘, 그건 이상한 일이 아니다.

완전히 미혼인 경우엔 '좋은 사람 없어? 결혼도 나쁘지 않아'라는 소리를 질리도록 들어야 하지만,

한 번 결혼했다 이혼하면 해봤지만 안 됐다는 증명이 된다!

결혼해봤지만 맞지 않았어요~ 라고 변명할 수도 있다.

역시 결혼은 인생 최대의 면죄부야.

그런 생각을 하며 청소를 하고 있는데 현관이 드르륵 열리며 대학 때부터 친구인 마치다 쿄코가 안으로 들어왔다. 쿄코는 나처럼 몇 안 되는 취직파로, 대형 출판사에서 일하고 있다.

"이젠… 안 되겠어… 정말… 발이 아파… 힘들어….."

그리고 하아~ 신발을 벗어 던지고서 바닥에 쓰러졌다.

예정 시각보다 30분이 넘게 지각이다. 드디어 왔구나.

나는 부엌으로 가서 차가운 차를 가져왔다.

쿄코가 차를 단숨에 들이켜고서 푸하ㅡ 숨을 내쉬었다.

"하아~ 이제 좀 살 것 같네. 삿짱, 오랜만이야. 아아, 전에 왔을 때 기억이 날아갔네. 이렇게 힘들었었나."

"오랜만이다~. 그보다 언덕길이 달라질 일은 없으니 변한 건 쿄코의 체력이 아닐까?"

"하긴, 체력 떨어졌어. 하지만 이 언덕은 아무래도 너무 심해."

아아~ 하고 다시 쿄코는 바닥을 굴렀다.

집까지는 잘 찾아오지 않는데 오늘은 웬일로 갈게! 라고 한다 싶었더니 역시 이 상태다.

하지만 이것도 어쩔 수 없는 일이다.

우리 집에 오는 사람이 쓰러지는 데엔 이유가 있다.

내가 사는 집은 경사도 26퍼센트의 언덕이 2킬로미터 이어진 산 정상에 있다.

원래 친척의 소유였는데 '더는 안 되겠다!'며 시내의 맨션으로 이사가 버렸다. 그리고 지나치게 넓은 마당과 집의 관리&고정자산세를 내는 조건으로 빌려준 것이다.

나는 대학에 가기 위해 상경한 뒤로 죽 여기서 혼자 살고 있다.

쿄코는 복도에 쓰러진 채 입을 열었다.

"대학교 때도 단독 주택에 혼자 산다고 해서 놀러 가자 싶었는데 집에 왔을 땐 지쳐서 술도 못 마셨었지."

"언덕 아래 편의점에서 6캔짜리 맥주를 사니까 그렇지."

내가 쓴웃음을 짓자,

"마시고 싶잖아. 마시자는 생각 안 드냐고."

라며 쿄코가 한탄했다.

나는 대학 시절 늘 "언제든 와~"라고 했었다.

하지만 이 집으로 이어지는 언덕길은 도로에 미끄럼 방지용 구멍이 뚫려 있을 만큼 급경사로, 한 번이라도 언덕을 맛보게 되면 다들 찾지 않게 된다.

하지만 그건 그것대로 좋았다. 학교 근처의 방을 빌린 사람들은 애들의 아지트화가 되어버린 바람에 성가셔들 했으니까.

"그래서 택배로 보내겠다고 했잖아. 무거운데."

나는 대청소를 하다 발굴한 낡은 동인지와 책을 건넸다.

쿄코는 안을 살피고서 눈을 빛냈다.

"오오오… 이 작가 동인지는 완전 귀한데… 그리고 이 책은 절판된 거야!"

쿄코는 출판사에서 일하기 때문에 진귀한 책을 모으는 걸 좋아한다.

사진을 보여주자 가지러 갈게! 라고 한 것까지는 좋았지만, 오자마자 이렇게 지쳐 쓰러지다니… 과연 가져갈 수 있을까.

"아니, 결혼은 평생 어려울 거라고 했던 삿짱이 동거를 한다니까 축하 선물을 가져왔지."

쿄코는 작은 꾸러미를 내게 건넸다.

열어 보니 네일 오일이었다.

"이렇게 멋진 걸 쓸 타이밍은 없는데… 그래도 냄새 참 좋다…."

나는 킁… 하고 냄새를 맡았다. 무척 고상하고 부드러운 향기였다.

쿄코는 자기 손톱을 톡톡 만지면서 입을 열었다.

"담당하는 만화가가 그러는데 펜 태블릿 때문에 꺼진 손톱이 하룻밤만에 깨끗해진대."

"오늘부터 써볼게."

나는 힘차게 고개를 끄덕였다.

만화 작업은 80퍼센트는 디지털로 그리는데 펜 태블릿을 너무 세게 쥐어 손톱이 꺼져 있다. 어쩔 수 없다… 싶긴 하지만 효과가 있다면 좋은 일이다.

나는 그 자리에서 상자를 열어 꺼냈다. 바로 손톱에 발라주자 은은하게 달콤한 향기가 나며 기분이 풀어진다…. 오일을 바르며 고마움을 표했다.

쿄코는 추가로 따라준 차를 한 모금 마신 뒤 능글능글 웃으며 말했다.

"그런데 상대는 어떤 사람이야?"

나는 "동료"라고 음속으로 대답했다. 쿄코는 고개를 도리도리 저었다.

"아니, 그거 말고 …그럼 연예인 중에 누구 닮았는데?"

어…? 타키모토 씨랑 닮은 연예인…? 아!

"만월 밤에 보는 참억새 같은 사람."

"연예인이 문제가 아니라 그건 아예 사람이 아니잖아. …하지만 그래, 조용한 분이구나."

"아침도 낮도 아니고 밤 같은 사람이야. 조용하고 올바른 사람."

이건 회사에서의 타키모토 씨 이미지다. 하지만 오타쿠인 타키모토 씨를 봐도 인상은 '밤'. 여전히 확고했다.

"삿짱을 닮았나 보다. 다음에 소개시켜줘."

쿄코는 책을 배낭에 넣고 일어서더니 다음엔 트레킹화 신고 올게… 하고 웃으며 나갔다.

짐을 안고 조심조심 언덕을 내려가는 쿄코를 배웅한 뒤 나는 2층으로 올라갔다.

"이 정도면 됐나."

나는 세면대에서 짠 걸레를 창가에 널고서 바닥에 앉았다.

지금까지 창고로 쓰이며 먼지만 뒤집어쓰고 있던 2층은 광이 나고 있었다.

활짝 열어둔 창으로 전철이 덜커덩… 달리는 소리가 들려온다.

사실 오늘부터 타키모토 씨가 우리 집에서 동거하게 된다.

"결혼하지 않을래?"

라는 말을 들었을 때 나는,

"일단 우리 집에서 한 번 같이 살아볼래요?"

라고 제안했다. 그건 이 집이 그러기에 적합하기 때문이다.

이 집은 2세대 거주용 구조로 욕실도 화장실도 2층과 1층에 각각 있다.

그러니까 셰어하우스처럼 쓸 수도 있지만 현관은 하나다.

얼굴은 마주치겠지만 생리적으로 버거운 부분은 해결이 된다.

그 말을 들은 타키모토 씨는 싱긋 웃었다.

그리고 "그거 좋은 아이디어네요. 그럼 모레 찾아뵙겠습니다"라고 했고, 그렇게 코미케 후 패밀리 레스토랑의 회동은 끝이 났다.

제안한 입장에서 이런 말하긴 좀 그렇지만 조금 더 놀랄 줄 알았는데.

회사에서도 조금은 의식하고 있지 않나… 싶었는데 인사하는 걸 보면 그전과 아무것도 달라진 게 없었다.

그 우수한 태도 변환에 감동했다.

타키모토 씨가 점심에 뭘 먹는지 궁금해서 평소엔 자리에서 대충 식사를 때우다가 회사 식당을 찾아가 보았다. 그랬더니 타키모토 씨는 핸드폰 화면을 보며 스우동(주)을 먹고 있었다. 가격은 120엔.

이해한다. 판매회 때 돈을 많이 썼겠지.

눈앞에서 손에 쥐고 볼 수 있는 게 기뻐서 아무 생각 없이 사게 된다. 기간 한정의 보물이니 어쩔 수 없는 일이다.

"오타쿠는 돈이 많이 드니까…."

나는 등을 쭉 펴고 일어서서 시간을 확인했다. 이제 시간이 거의 다 됐다.

회사에서 슬쩍 보며 즐겼던 타키모토 씨가 우리 집에 온다… 조금 설레는 기분이 들었다.

주) 스우동: 다른 건더기 없이 국물에 면만 넣은 우동.

창밖에서 들리는 소리에 나는 계단을 내려갔다. 왔나 보다. 차가운 차를 챙겨 가야지!

현관을 연 나는 말문이 막혔다.

"어… 그걸로 온 건… 아니죠?"

"아주 멋진 언덕이네요."

타키모토 씨는 놀랍게도 배낭을 메고 자전거를 타고서 우리 집을 찾아왔다.

물론 평범한 바구니 달린 자전거가 아니라 타이어가 좁은, 산을 탈 수 있는 그런 자전거였다.

하지만 이 부근에 사는 사람은 어느 누구도 자전거를 타지 않는다.

언덕을 내려가면 역까지는 1분 정도면 도착하겠지만 오르막이 너무 지옥이다.

타키모토 씨는 자전거를 벽에 세워두고 집 안쪽으로 터벅터벅 걸어갔다. 그리고 주머니에서 손수건을 꺼내 땀을 닦으며 입을 열었다.

"올라오면서 생각했는데… 아아, 역시 보이네요."

"네? 뭐가요?"

나는 무의식중에 타키모토 씨 옆에 섰다.

그러자 타키모토 씨가 보는 방향으로 저 멀리에 자그맣게 관람차가 보였다. 저건 산 너머에 있는 작은 유원지다.

"저희 본가가 저쪽이라 초등학교 소풍 때 타봤었거든요. 아아~ 왠지 기대되네요."

나는 멍하니 그 말을 듣고 있었다. 지금까지 여기에 살았는데 전혀 깨닫지 못했었는데. 타키모토 씨는 으음… 기지개를 켜고선,

"풍경이 끝내주는데요. 이렇게 멋진 곳에서 살아도 되나요? 아… 타마강도 오다큐선도 잘 보이네요. 아름다워요."

라고 말하며 미소 지었다.

나는 입술을 깨물었다.

그렇다.

사실 생각만 했지 아무한테도 말하지 못했었다.

모두 이 집으로 오르는 언덕을 싫어해서 말하지 못했지만 나는 이 집에서 보이는 풍경을 사랑한다.

10년간 아무도 말해주지 않았는데 타키모토 씨가 그 말을 해주다니.

역시 참 조용하고 올바른 사람이다.

나는 옆을 보며 말했다.

"2층이에요. 들어오세요."

"네! 2층을 제가 써도 됩니까? 전망이 최고일 텐데…."

타키모토 씨는 기쁜 얼굴로 내 뒤를 따랐다.

이 사람과 함께라면 정말 결혼해도 괜찮을지도 모르겠다.

나는 그렇게 생각했다.

■제4화 그럼 바로 대나무를

"타키모토 씨, 피곤하겠지만… 부탁이 있어요."

도착한 짐을 내려놓고 한숨을 돌릴 무렵 아이자와 씨가 말을 걸어왔다.

그 표정은 무슨 곤란한 일이 있다는 듯이 미간을 찌푸리고 있었다.

뭐지, 내가 오자마자 바로 실수를 했나?

조금 걱정이 됐다.

아이자와 씨는,

"미안해요… 갑자기 이런 부탁하긴 그렇지만, 대나무 가지러 가는 걸 도와줄 수 없을까요?"

라고 말했다.

"네? 대나무… 요?"

나는 우스꽝스러울 만큼 솔직하게 표정을 드러냈을 것이다.

"피곤할 텐데 미안해요."

아이자와 씨는 연신 사과하며 앞장서서 집 앞 마당을 내려갔다. 그리고 남의 집 옆을 지나서 계속해서 걸어간다.

그 앞쪽으로 대나무숲이 보였다. 잘 정비되어 있는 대나무 너머로 수면이 보였다.

조금 탁 트인 곳에 바닥을 파는 중기계 같은 것이 있었고, 그 위에 올라탄 할아버지가 우리를 보고 손은 흔들었다.

"삿짱, 왔구나."

"대나무 받으러 왔어요."

삿짱!

아아, 아이자와 사츠키니까 삿짱이구나.

회사의 모습만 아는 사람의 다른 호칭을 들으니 조금 심장이 두근거렸다.

"여긴 타키모토 씨예요."

나는 소개를 받고 가볍게 머리를 숙였다.

머리에 수건을 두른 할아버지는 눈을 가늘게 뜨며 나를 보았다.

"이 사람이 남편이신가. 삿짱, 그 집 혼자 살긴 너무 넓어서 무서웠지. 잘 됐네. 이제 마사코 씨도 안심하겠어. 결혼식 기대하마."

아하하하~ 아이자와 씨는 어색한 웃음으로 대답했다.

그렇구나.

저렇게 넓은 집에 혼자 살면 주변 사람들에게 이런 말을 듣는구나.

나는 아이자와 씨가 결혼하고 싶어 하는 이유를 조금이나마 알 것 같았다.

할아버지는 대나무 숲 안쪽을 가리켰다.

"반으로 잘라 놓긴 했는데 저대로 괜찮겠어?"

그곳에는 굵고 곧은 아름다운 대나무가… 아니, 내가 많은 대나무를 본 건 아니지만 대나무는 파랗고 길고 아름다웠다.

아이자와 씨는 그걸 확인하고서,

"괜찮을 것 같아요. 고맙습니다."

하고 인사했다.

"조심해서 가져가."

할아버지는 다시 중기계로 돌아갔다.

아이자와 씨는 대나무 앞을 들고 미안하다는 듯이 입을 열었다.

"정말 죄송한데 뒤를 좀 잡아주실래요? 혼자선 가져갈 수가 없어서 타키모토 씨를 기다렸어요. 주차장의 물받이가 망가졌는데 굵기로 볼 때 그냥 물받이보다 대나무가 더 좋다고 마사코 씨… 아, 이 집의 원래 주인이 그랬거든요.”

그렇구나. 그 집 관리도 혼자 하고 있구나. 대단하네.

괜찮아요! 라고서 뒤쪽을 드는데 엄청 무거워서 놀랐다.

아이자와 씨는 가벼운 듯 가는데 대단했다. 나는 조금 놀라며 뒤따라 갔다.

“고마워요. 정말 오자마자 이런 부탁을 해서 미안해요.”

아이자와 씨는 머리를 숙였다.

대나무는 집 뒤쪽에 있는 광장처럼 탁 트인 곳에 두었다. 이곳도 마당의 일부인가. 잡초가 없는 걸 보니 그런지도 모르겠다.

나는 어릴 때부터 맨션에서 살았기 때문에 집에 마당이 있었던 적이 없다. 본가를 나온 뒤에도 도심의 작은 원룸 생활. 그래서 아무것도 모르는데….

따앙—!!!

“?!”

큰 소리에 뒤를 돌아보니 대나무에 올라탄 아이자와 씨가 윗부분에 뭔가를 꽂아 넣고 통통통 나무로 두드리고 있었다. 어? 뭐야….

쩌억!!

“?!”

어마어마하게 큰소리에 놀랐다.

아이자와 씨는 대나무를 쪼개며 조금씩 뒤로 물러섰다.

아마 마디 부분인 것 같은데 그 부분을 쪼갤 때마다 크고 높은 소리가 울린다는 걸 깨달았다. 그렇게 다음 마디까지 단숨에 쪼개자 두 개로 갈라진 대나무가 바닥을 굴렀다.

대나무는 이렇게 쪼개는구나. 지금까지 살면서 처음으로 본 광경이었다.

"됐다. 이제 마디를 제거하면 돼요. 그러면 나가시소멘(주2)도 할 수 있어요."

아이자와 씨는 농담을 하듯 가볍게 웃으며 말했다.

"나가시소멘?!"

그 말에 나는 음속으로 고개를 들었다.

그 기세에 아이자와 씨는 놀라 나를 쳐다보았다. 그리고 멍한 표정으로 말했다.

"…타키모토 씨, 나가시소멘 해본 적 없어요?"

"보통 없지 않나요…?"

나와 아이자와 씨는 5월의 기분 좋은 바람이 부는 언덕에서 서로를 바라보았다.

도쿄에서 태어나 맨션에 자란 사람이라면 대나무에 소면을 흘려 먹어본 사람이 더 적을 것이다. 아이자와 씨는 대나무를 손질하며 말했다.

"전 시골 여관에서 자라서 매년 손님용으로 나가시소멘을 하거든요."

그래서 이렇게 대나무를 잘 다루는구나. 나는 솔직히 무척 놀랐다.

회사에서 조용히 컴퓨터를 만지는 아이자와 씨가 집에선 손도끼로 대나무를 쪼개다니. 회사에서 말해도 아무도 믿지 않을 거다.

"괜찮으면 이 기회에 나가시소멘 해볼래요?"

"그래도 되나요…?"

괜찮아요? 라고 조심스레 물으면서도 나는 완전히 기대에 차 있었다.

아이자와 씨는 드라이버와 쇠망치를 두 손에 들고,

주2) 나가시소멘: 미야자키현에서 시작된, 한여름에 쪼갠 대나무 위로 차가운 물과 함께 삶은 소면을 흘려 건져 먹는 것. 또는 그 풍습.

"그럼요, 되죠. 마디만 제거하고 갈면 끝이거든요. 둘이 하면 재미있을지도 모르니까 해보죠."

대나무 옆에 쭈그리고 앉아 작업에 들어갔다.

"먼저 목장갑을 끼세요. 대나무는 날카로워서 손이 찢어져요."

노란색 공구함에서 두꺼운 목장갑을 꺼내주었다. 손에 끼자 감각이 안 느껴질 만큼 두꺼웠다.

그런데… 응? 이 목장갑 굉장히….

"아, 미안해요. 그 장갑 냄새나죠."

아이자와 씨는 드라이버를 한 손에 들고 말했다. 그랬다. 솔직히 이 장갑….

"똥냄새 나죠."

"윽… 그렇네요."

아이자와 씨 입에서 '똥냄새 난다'는 말이 나오자 그만 입을 가리고 웃어버릴 뻔했는데 손에서 나는 똥냄새에 얼굴을 찌푸리고 말았다.

"같이 넣어둔 이 드라이버 때문이에요. PB라는 스위스 브랜드 공구인데 대나무 마디 제거할 때 편해서 애용하거든요. 냄새는 손잡이 부분에 감긴 셀룰로스가 원인이라는데… 이미 포기했어요."

그렇게 말하며 탕탕… 드라이버 윗부분을 망치로 두드린다. 그러자 대나무 마디가 깔끔하게 떨어졌다.

"냄새는 나지만 이게 제일 쓰기 편해요."

아이자와 씨는 그밖에 몇 개 들어있는 드라이버를 보며 말했다. 그런데 여성이 공구에 대해 잘 알다니 대단하다.

게다가 낡긴 했지만 모두 반짝반짝 광이 났다. 역시 '오타쿠'란 생각이 절로 들었다.

"위에서 때릴게요."

"네."

나는 초보자라 동작을 보고 배우며 마디를 제거해 보았다. 일자 드라이버를 마디에 대고 위에서 망치로 때리면 쩡 하고 새된 소리를 내며 마디가 쉽게 떨어진다.

그리고 사포로 단차가 없어질 때까지 문지른다.

나나 아이자와 씨나 '물건을 만드는 걸 좋아하는 사람'이기도 해서 두 사람은 말없이 사각사각 대나무를 연마했다.

"…이거 재미있네요."

나는 사포를 문지르며 말했다. 세심하게 손을 댈수록 마디는 깨끗해지고 광이 난다.

아이자와 씨도 손을 빠르게 움직이며 말했다.

"동감이에요. 나도 어릴 때 여관 일을 돕는 건 싫었지만 이것만은 자진해서 맡았었어요. 매력적이죠."

나란히 마디가 사라지도록 사포질을 했다.

대나무 제일 윗부분… 그 부분도 뾰족해서 아팠다. 줄로 비스듬하게 갈아주자 동그래져서 들기 편해졌다.

다음은 자른 부분이다. 뾰족뾰족해서 위험했다. 그 부분도 세심하게 갈아주었다.

"…타키모토 씨 부모님은 평범한 직장인이에요?"

아이자와 씨가 사포질을 하며 물었다.

"저희 집은 아버지가 일찍 돌아가시고 어머니가 보험 외판원을 하며 혼자 키워주셨어요."

"어머님이 대단하시네요. 저희도 아빠보다 엄마가 더 강하거든요. 여관을 운영하는 건 엄마예요."

"온천여관인가요?"

"네, 물은 좋은 곳이죠."

우리는 조금씩 서로에 대해 이야기하면서 대나무에 사포질을 했다.

눈앞에서 저녁놀이 천천히 강의 수면으로 지고 있었다. 벌레 소리도 들려올 무렵 나는 조용히 한숨을 쉬었다.

이곳이 무척 마음에 들 것 같다.

"보냅니다―!"

"네!"

우리는 대나무를 다 손질한 뒤 수세미로 잘 닦은 언덕에 세팅을 마쳤다.

드디어 나가시소멘이다.

소면이 대나무를 달려 내려온다. 나는 젓가락을 뻗었지만 전혀 잡지 못했다.

처음이니까 어쩔 수 없지!

…가 아니다.

우리는 깨닫고 있었다. 하지만 애써 외면하고 있었던 것이다.

"아이자와 씨, 저어."

"네."

대나무 위를 하얀 무언가… 아마도 소면이 활주하고 있다. 나는 필사적으로 잡아 몇 가닥을 먹었다, 맛있다! …하지만… 90퍼센트는 잡지 못했다.

현재 시각은 19시.

우리는 대나무를 사포질하는 게 너무 재미있어서 시간을 너무 허비하고 말았다.

이 주변은 가로등도 적은 편이다. 그리고 나는 아무 생각도 없이 가로등에서 떨어진 곳에 대나무를 세팅하고 말았다.

안타깝지만 인정하기로 했다.

"어두워서 소면이 안 보이는데요."

"그러게요. 시간 배분을 잘못했네요."

"그래요. 대나무 가는 데 너무 집중했어요."

"그러게요."

서로를 보며 쓴웃음을 짓고 있는 것 같지만 솔직히 그 표정도 안 보일 만큼 주위는 어두웠다.

우리는 뭘 하고 있는 걸까.

할 수 없이 아이자와 씨 집에 들어가 소면을 먹기로 했다.

삶은 면을 가져와 부엌 옆 탁자로 이동해 다시 식사를 시작했다.

아이자와 씨는 소면을 먹으며 작게 고개를 젓고서 슬프게 입을 열었다.

"재미있어지면 너무 집중해서 후반부를 망치게 된다니까요… 콘티에 너무 공을 들인 바람에 끝내지 못하는 원고처럼요…."

이해가 너무나 됐다.

"저도 라이브 준비에 집중하느라 카메라를 충전했는데, 충전기에 꽂아둔 채 집에 놓고 온 적 있어요."

그렇게 안타까운 덕질 자랑을 했다.

그리고 서로 "그럴 수 있죠…"라며 수긍했다.

아이자와 씨는 쓴웃음을 지으며 고개를 들고,

"여름은 이제 시작이니까 다음엔 낮에 해요."

라고 말했다.

우리에게는 '앞으로'가 있구나.

어제는 혼자 맨션에서 도시락을 먹었는데, 이제부터는 둘이 함께 밖에서 나가시소멘을 먹는 미래가 있다.

묘하게 감동하고 말았다.

"한입이라도 밖에서 먹은 건 맛있고 즐거웠어요. 앞으로 잘 부탁드립니다."

"앞으로 잘 부탁해요."

아이자와 씨와 나는 포만감과 함께 미소 지었다.

이게 우리의 조금은 아쉽지만 최고로 즐거운 첫날이었다.

■제5화 모르는 세계의 우주인

"저어… 아까부터 궁금했는데 이 책 봐도 되나요?"

소면을 다 먹고 설거지를 하는데 탁자 위에 쌓아둔 책을 타키모토 씨가 보고 있었다.

"으음? 잠깐만요."

나는 접시를 놓고 고속으로 이동해 무슨 책인지 확인했다.

내 메인 장르는 BL이기 때문에 보이고 싶지 않은 책도 존재하기 때문이다.

하지만 타키모토 씨가 보고 있던 건.

"아아, 민속의상 책이군요. 보세요. 이런 거 좋아해요?"

타키모토 씨는 고맙습니다… 라며 책에 손을 뻗었다.

며칠 전에 Amazon에서 받은 책으로 90퍼센트가 사진인 아름다운 책이었다.

민속의상은 색의 사용법이 화려해서 좋은 참고가 된다.

하지만 오늘부터 타키모토 씨가 있으니까 책을 조금 옮겨놓아야 했나 하는 생각이 들었다.

난 책을 사면 우선 탁자에 쌓아둔다.

쌓아두었다가 식사를 하며, 청소하는 틈틈이, 졸릴 때 손을 뻗어 읽는다.

또 사면 그 위에 쌓는다. 그리고 거대 타워가 완성된다.

둘 곳이 없어지면 아래쪽의 책을 빼서 1층 안쪽에 있는 서고라는 이름의 창고로 옮긴다.

하나도 안 보고 쌓아두기보단 효과적이라고 자부하기 때문에 변경하고 싶지 않은 시스템이다.

타키모토 씨는 기본적으로 2층에서 생활할 거니까 이 거실에 들어올 일은 없을 줄 알았는데… 첫날부터 여기 앉아 있으니 조금만 정리해야지.

타키모토 씨는 책을 보면서,

"제가 밀고 있는 아이돌은 우주인인데요."

라고 말했다.

으으으으음? 굉장히 재미있는 말을 들은 것 같은데.

나는 큰 관심을 갖고 타키모토 씨 앞에 놓인 의자에 앉았다.

"설정이… 그렇다는 거죠?"

"그렇죠. 지하 아이돌인데 4인조로 우주의 다양한 행성에서 넘버원 아이돌이 모여 지구를 침략하러 왔다는 설정이에요."

"굉장히 재미있는데요."

나는 타키모토 씨 이야기에 흥미가 동해 얼굴을 들이밀고 말았다.

나의 아이돌 지식은 마에다 아츠코(주3)에서 멈춰 있다. 요전에 본 특촬영화에서 씩씩하게 도망치는 모습을 보고 안심했다.

그러니까 지식이 너무 오래되어 아이돌 설정이 그 정도로 발전했는지 몰랐던 것이다.

타키모토 씨는 진지한 얼굴로 이야기를 이어나갔다.

"전 지구연결군으로서 화평교섭 자리에도 나가는데요."

"건담 SEED로 치면 최애는 아슬란입니다만."

나는 일단 대답해 보았다.

"극장판을 지금도 기대하고 있어요… 아니, 이게 아니라, 그건 지구연합군이죠. 우리 아이돌… 디저트 로즈라는 그룹으로 약칭은 디저로

주3) 마에다 아츠코: 일본의 여성 아이돌 그룹 AKB48의 전 멤버.

스라고 하는데, 디저로즈를 응원하기 위한 집단이 공식으로 있는데 그 이름이 지구연결군입니다."

"잠깐만요."

완전히 혼란에 빠져 버렸다.

나는 생각이 정리가 안 됐지만 제대로 이해하고 싶어서 작업실에서 커다란 스케치북을 가져왔다.

이건 스케치북 중엔 제일 큰 사이즈로, 생각을 정리하고 싶을 때 쓰는 것이다. 커다란 종이에 이것저것 마구 적은 뒤 마지막에 부감해서 보면 많은 것을 냉정하게 볼 수 있다.

거기에 디저로즈라고 쓴 다음에 핸드폰으로 검색해본다.

나온 것은 오렌지와 노란색… 색색 가지 의상을 입은 귀여운 여자애들이었다.

아아. 나는 한 명씩 그려나갔다.

'논짱'…아가씨 타입의 앞머리가 가지런한 미인 타입이구나.

슥슥 그림을 그리는데 이번엔 타키모토 씨가 "오오" 하고 몸을 내밀었다.

나름 미대 출신이라 캐리커처는 자신있거든요! 심하게 데포르메하긴 하지만.

그리고 네 명을 그려 타키모토 씨에게 보여주었다.

"이 네 명은 우주인인 거죠."

"그렇습니다. 늘 라이브 서두에 우주선 로즈호에서 공연장으로 내려와 우리 연결군이 맞서 싸운다… 는 설정으로 공연을 하죠."

"호오, 그렇군요."

나는 타키모토 씨에게 한자를 물어보며 반대편에 '연결군(戀結軍)'이라고 적었다. 사랑으로 맺어지는 군대라니… 참 멋진 말이야. BL에 써

먹을 수 있겠다. 흐음… 슬쩍 머릿속에 보관해 두었다.

"라이브가 끝날 때마다 평화 교섭이라는 집회가 열리는데요."

"어? 라이브가 끝난 뒤에 말인가요? 팬들만?"

그런 건 처음 듣는 소리인데.

우리 부녀자 입장에서 보면 뒤풀이 같은 걸까.

하지만 그건 그냥 술을 마시거나 졸음과 싸우면서 고기를 먹는 모임이잖아.

타키모토 씨는 조용히 고개를 저었다.

"팬만 모이는 게 아니에요. 디저로즈의 사무소 사장… 음, 우리는 제독이라고 부릅니다만, 제독도 참가하죠."

사장?! 그런데 아아, 전함의 높으신 분이니까 제독이구나.

"지금 지하 아이돌 세계는 그런 식인가요?"

"디저로즈는 특수해요. 그래서 빠졌는데. 규모가 작고 열혈 팬이 있고, 제독에게 아이돌을 개혁해 가겠다는 열의가 있는 그룹이라서 그럴겁니다."

"완전 멋지다…!"

그렇게 팬과 운영진이 직접 연결되어서 의견을 교환할 수 있다니 너무 재미있겠는데.

내 칭찬에 타키모토 씨는 기쁘다는 듯 살짝 미소를 지었다.

"그런데 저는 디저로즈의 의상은… 조금 재미가 없다고 생각하고 있거든요."

"아아… 알겠어요."

나는 다시 사진을 보았다.

뭐랄까, 그냥 평범한 아이돌의 의상이었다. 애써 표현을 찾아보자면 세일러문… 프리큐어까지 미치지 못한 느낌이다.

그냥 색만 구분한 의상으로 우주인이란 느낌이 별로 없었다.

"하지만 의상은 돈이 들고 댄스도 있으니까 그렇게 쉬운 문제가 아니잖아요?"

내 말에 타키모토 씨는 힘차게 고개를 끄덕였다.

"맞습니다. 기발한 것만 쫓은 결과 무대 위에서 의상이 찢어지거나 망가지는 경우가 많죠. 하지만 움직이기 편한 것만 추구하는 건 노래와 세계를 만들어내는 아이돌로서 너무 신경을 안 쓰는 거 아니냐는 느낌이 들잖아요. 어렵게 만들어낸 세계관이고 우리도 지구연결군 제복 디자인을 고민하고 있으니까 그걸 다음 평화 교섭의 의제로… 올릴 생각이에요."

오타쿠 특유의 빠르게 이어지는 토크였지만, 나도 최애에 대해 말할 때는 자리에서 일어나기도 하니까 비슷한 입장이다.

"그래서 민속의상 책에 관심을…?"

"그렇죠. 아무래도 민속의상은 어느 정도는 동작 편이성을 의식해서 만들 테니까요. 그거 아세요? 쥬니히토에(주4)는 끈 두 개로 연결되어 있답니다. 편리성도 겸하고 있는 거죠. 디저로즈도 좀 더 배워야 해요."

"참고가 된다면 얼마든지 가져가서 보세요."

나는 타키모토 씨에게 책을 건넸다.

"고맙습니다."

타키모토 씨는 책을 끌어안았다.

전혀 모르는 장르 이야기를 듣게 되는 건 무척 재미있다.

나는 이런 이야기를 정말 좋아한다.

"타키모토 씨, 디저로즈 노래 들려주세요."

타키모토 씨의 표정이 환하게 밝아졌다.

"이거 봐주세요. 지난주에 한 공연이 YouTube에 올라가 있거든요."

주4) 쥬니히토에: 헤이안시대 귀족 여성이 입던 정장으로 여러 겹의 옷을 겹쳐 입는다.

핸드폰을 꺼내 YouTube 앱을 켜는데… 실행되지 않는다.

계속 빙글빙글… 돌 뿐, 영상이 시작되지 않는다.

"죄송합니다, 아이자와 씨… 이 집의 Wi-Fi 패스워드 좀 알려주실 수 있을까요?"

"아―! 죄송해요, 여긴 4G거든요. 지금 사진 찍어서 가져올게요."

아직 그런 기본적인 것도 알려주지 않고 오타쿠 토크에 심취해 있었네.

나는 책에 파묻혀 있던 라우터의 뒷면을 사진으로 찍어 타키모토 씨에게 보여줬다.

그리고 '좀 더 빠른 회선으로 바꾸고 싶은데…… 타키모토 씨도 그게 좋지 않을까…?' 라는 생각을 하며 즐거워졌다.

■ 제6화 은하철도의 밤

사람은 만조 때 많이 태어난다는 말을 들은 적이 있는데, 그러면 썰물 때는 사람이 많이 죽을까.

나는 밤하늘에 둥실 떠오른 만월을 보며 생각했다.

그 만월 왼쪽 아래에 빛나는 빛의 줄기가 보이기 시작했다.

"왔다···."

나는 핸드폰으로 스트리밍을 돌리며 창을 활짝 열고 흐르는 빛을 주시했다.

최애인 논짱은 Switch의 테트리스에 빠져 있는데 등장하는 도전자들과 싸우는 방송을 하고 있다.

데뷔했을 때는 아가씨 캐릭터로 정중한 말투가 특징적이었다. 하지만 최근엔 캐릭터가 무너져, 게임을 하면서 진심으로 소리를 지르기도 한다. 보통 캐릭터 붕괴를 걱정하겠지만 돌덕 경력이 긴 나는 '갭 캐릭터를 좀 더 밀고 나가봐'라는 생각을 한다. 스스로 느끼기에도 완전히 아이돌을 아빠의 눈으로 보고 있는 것 같다.

아니, 물론 귀엽고 좋아하지만 내가 뭐라 따지기보단 이 귀여운 사람을 세상에 널리 알리고 싶은 마음이 더 크다.

"오, 반대편에서도 왔네."

어둠을 가르는 빛의 줄기··· 그건 전철이다.

이 부근은 산속이라 민가도 많지 않다. 그래서 밤 23시쯤 되면 캄캄한 어둠 속을 빛이 달려 나가는 것처럼 보인다.

은하철도의 밤 같다.

이곳에 산다면 월세 3만 엔이면 된다고 해서 놀랐다.

아이자와 씨 말에 따르면 고정자산세가 연간 50만 엔 정도 들기 때문에 그 부담만 맡아줘도 괜찮다는 것이었다. 수도, 광열비는 완전히 반씩 부담이고.

나는 평범하게 시내의 맨션에서 살았는데 굿즈와 CD, 작곡용 작은 피아노에 PC, 카메라용 방습고가 점거하기 시작해 침대를 놓을 수 없을 지경이었다.

그러니까 이렇게 넓은 집에 살 수 있다면 기쁜 일이다.

도심의 맨션은 극장이나 이벤트에 가기엔 편리하지만 이 집에서도 자전거로 몇 킬로미터만 가면 특급 전철이 정차하기 때문에 언뜻 불편해 보이지만 도심으로의 접근은 매우 좋은 편이다.

반대로 가면 요코하마로 가기에도 편하다.

교통비 절약을 위해 타던 크로스바이크를 여기서 잘 써먹을 수 있을 것 같다.

"교차한다."

나는 계속해서 어두운 밤을 질주하는 전철을 보고 있었다.

오른쪽에서 나온 빛줄기와 왼쪽에서 온 빛의 덩어리가 어둠을 찢듯이 달려 교차한다. 그리고 좌우로 퍼져 사라진다.

마치 유성처럼.

이대로 우주로 날아간다 해도 이상하지 않을 것 같다.

핸드폰 스트리밍에서 흘러나오는 논짱의 밝은 목소리와 아름다운 풍경을 나는 멍하니 바라보고 있었다.

솔직히 무척 힐링되는 기분이다.

아이자와 씨가 "일단 동거해보지 않을래요?"라며 준비해준 2층 방은 무려 2DK 정도 되는 넓이였다.

내가 지금 있는 전철이 보이는 거실. 그리고 간단한 부엌.

복도를 끼고 맞은편에는 다다미방과 욕실과 화장실. 완전히 한 세대가 살기 충분한 넓이였는데 아이자와 씨가 사는 1층을 보니 2층보다 훨씬 넓었다.

언덕을 오를 가치가 충분하다고 생각한다.

나는 차를 한 모금 마신 뒤 창가에 팔꿈치를 괴었다.

1층에는 아이자와 씨가 살고 있는데 아까부터 말소리가 들린다.

아마 이건 작업 스카이프일 거다. 앱을 켜서 대화하며 함께 작업하는 걸 말한다. 서로를 감시하면 진척 속도가 좋아질 테니까.

"이 컷은…"이나 "며칠만이라도 끝내지 않을래?"라는 말소리가 들린다.

가끔 즐겁게 웃는 소리도. 아이자와 씨 말로는 이제 이 부근에 사는 사람이 없다고 했고, 일단 양 옆집은 빈집이다.

참고로 이웃한 빈집까지 거리는 20미터는 족히 된다. 정말 도심이 맞나. 강 하나 넘으면 카나가와니까 조금 다를지도 모르지만 말이다.

"그러니까 마음껏 노래하거나 춤춰도 돼요"라고 했지만 첫날부터 그렇게 큰소리는 낼 수 없었다.

하지만 이렇게 멋진 풍경이라면 작곡 작업할 때 소리를 낼 수 있을 것 같다.

당장 내일 컴퓨터를 맨션에서 가져오자. 나는 결심했다.

"아니지, 이 컷은 절대 아니야. 너무 붕 뜨잖아. 이차원적 레벨로 따로 놀고 있어."

밑에서 아이자와 씨의 웃음소리가 들린다. 왠지 이거 좋은데, 라는 생각이 들었다.

어릴 때는 집에 늘 혼자 있었다.

아침에 일어나면 엄마는 이미 없었고, 저녁도 같이 먹는 경우는 잘 없었다.

그 덕분에 공부에 집중할 수 있어 변제 의무가 없는 장학금을 받고 대학교에 입학하게 됐지만… 조용한 집이 싫었다.

그래서 웃음소리가 들리고 환한 미소를 볼 수 있는 아이돌 프로를 틀어놓고 포카로의 곡을 틀어놓았던 거다.

생생한 진짜 사람의 인기척을 느끼며 멍하니 시간을 보내는 건 처음인 것 같다.

형제가 있는 사람이 진심으로 부러웠는데 이런 느낌일까.

아니, 아이자와 씨는 형제가 아니라… 좋아하는 사람이지만. 나는 조용히 생각했다.

나가시소멘도, 아까 부엌에서 나눈 대화도 너무나 즐거웠다.

아이자와 씨는 다른 사람에게 선을 확실하게 긋는 성격이다. 그건 회사에서 하는 행동을 보면 알 수 있었다.

그리고 오늘 하루 접해보고 그 생각은 더욱 커졌다.

오늘은 첫날이고 자잘한 규칙에 대해 대화를 하지 않을까 싶었는데.

"콘티 짤 때도 그렇지만 처음부터 설정을 빡빡하게 짜면 오래 못 가요. 문제가 생기면 그때 가서 대화를 하죠. 편하게 말해주세요. 기분과 상태를 눈치로 알아봐달라… 이런 건 안 하기로 해요. 나도 뭐 있으면 확실히 말할게요. 연락용으로 LINE 교환을 하죠. 아, 집에서는 말을 걸어주세요. 굳이 두 번 수고할 필요는 없으니까."

두 번 수고.

굉장히 냉정하고 인간적으로 성가시지 않다.

역시 내 선택은 잘못되지 않았다.

"자아."

나는 방의 불을 켜고 아이자와 씨에게서 받은 생협 카탈로그를 펼쳤다.

조금 전에 지나간 게 막차였는지 오늘의 은하철도의 밤은 끝난 것 같다.

그래서 주문할 걸 고르기로 했다.

여기까지 자전거를 타고 오르면서 생각한 거지만, 식료품 조달이 정말 힘들다.

조금 무거운 짐이 있다면 자전거로 오르긴 버거울 거다.

하지만 내가 자전거로 올라갈 때 카트 같은 걸 끄는 사람은 없었다.

참고로 버스는 1시간에 한 대. 이용하기 매우 불편하다.

어떻게 하느냐고 물어봤더니 "생협에 배달 주문을 해요. 일주일에 한 번 잔뜩. 부족한 건 역 앞에서 사오고요" 라며 아이자와 씨는 두꺼운 카탈로그를 건네줬다.

참고로 페이지가 접힌 건 레인지에 데워 먹거나 데우면 바로 먹을 수 있는 생선 시리즈.

그리고 아이자와 씨는 '취미가 제일 중요하고 식사는 그냥 먹을 수만 있으면 된다'는 사람인 것 같았다.

솔직히 나도 동의한다. 매일 식사때문에 고민할 필요는 없다고 생각한다.

하지만 나는 요리 자체는 전혀 싫어하지 않는다.

요리도 음악을 만드는 것처럼… 놀이의 일종이라고 생각하니까.

대화를 나눈 결과, 오늘처럼 타이밍이 맞으면 같이 식사를 하기로 했다.

아이자와 씨는 말했다.

"그런데 미안한데요, 매주 수요일은 같이 식사하거나 정기적인 일을 하긴 어려울 것 같아요. 원고 마감이 달려 있으니까 서로 타이밍이 맞으면… 하도록 하죠. 만들었는데 집에 못 오게 되면 감정 낭비만 하게 되잖아요."

"감정 낭비."

눈치 채곤 있었지만 아이자와 씨는 단어 선택이 재미있다.

하지만 확실히 멋대로 기대했다 멋대로 낙담하는 건 감정 낭비다.

"부탁하고 싶은 게 있으면 여기에 로그인해서 입력해주세요. 이게 주소랑 암호예요. 집에서 쓰는 용으로 변경했어요. 아무것도 안 사도 되고요. 매주 토요일이 마감입니다."

아이자와 씨는 LINE에 노트를 만들어 작성해주었다. 참고로 아이자와 씨는 매주 같은 걸 사는 것 같다.

아아, 이러면 알기 쉽네. 그런 루틴의 일부로 사용하는 건 편리할 것 같다.

함께 뭔가를 만든다면 역 앞에서 같이 장을 봐서 만드는 게 좋겠다.

"…이 생선조림, 꽁치 한 마리의 생강 조림이면 230엔… 직접 만드는 것보다 싸군."

나는 수긍했다.

꽁치 한 마리는 그냥 사도 150엔. 거기에 생강과 광열비를 고려하면 이득이다.

나도 아이자와 씨가 주문하는 생선 시리즈를 주문하기로 했다.

아아, 마음이 너무 편한걸.

1층에서는 아이자와 씨의 웃음소리가 들려온다.

회사에서는 소리내어 웃는 모습을 본 적이 없어서 신선하고 기뻤다.

그러고 보니 내일은 같이 회사에 가게 되나… 생각하다가 절대로 같이 안 가겠구나, 생각을 고쳐먹었다.

그런 점이 좋다니까.

완전 자립형 여성.

하지만 굉장히 여성스럽다는 것도 안다.

카탈로그를 받아 들었을 때 손에서 은은하게 좋은 냄새가 나서 심장이 두근거렸었다.

좋아하는 여자와 같이 살고 있구나….

나는 이걸 어떡하지… 하고 작게 중얼거리며 그 자리에서 데굴데굴 굴렀다.

솔직히 너무나 기뻤다.

②

결혼 인사 편

■ 제7화 첫날 아침에

핸드폰 알람을 껐다. 평소와 같은 5분 전.

나는 침대에 누워 이불을 끌어안고 몸을 동그랗게 말았다.

마감으로 수면 부족인 상태라 해도 아침엔 강하다고 생각한다.

아침을 좋아해서일 거다.

하지만 학생 때… 특히 중학생 때까지는 아침을 싫어했다. 그러니까 매일이 싫었다.

국어, 산수, 이과, 사회에다 체육.

전부 빽빽하게 짜인 곳에서 도망칠 곳 없이 강제되는 세계.

거기에다 아무리 노력해도 잘난 오빠와 비교당하는 게 싫었다.

"오빠가 3학년일 땐 영어기능검정 패스했는데."

라든가.

"오빠는 왕복 달리기 50번을 넘게 했어."

라든가.

"오빠는 뭘 잊어버린 적이 없었다고."

라든가, 등등등!

정말 끝이 없었다.

그 자리에서 도망치고 싶어서 굉장히 어두운 만화를 그렸던 것 같다.

지금도 기억하고 있는 건 지하에 내 로봇이 여러 대 있어서 오빠한테 살해당할 때마다 새 내 로봇이 지상으로 나오는 이야기다.

어둡다, 너무 어둡다. 흑역사 정도가 아니다.

고등학생이 됐을 때 이미 오빠는 본가를 잇기 위한 수행에 들어갔고, 내가 있을 곳은 없었다.

그래서 필사적으로 공부해서 전문성이 있는 대학… 미대에 단번에

합격했다.

인생에서 그렇게 열심히 공부한 건 처음이자 마지막. 하지만 말 그대로 목숨을 걸었다.

그대로 있었다면 나는 서서히 완만하게 가방 안에 넣어둔 걸 까먹은 만쥬가 으깨지듯이 죽었을 거다.

머리맡에서 다시 알람이 울렸다. 나는 "영차" 하고 이불 밖으로 나왔다.

어제 빨리 끝내고 싶어서 본가에 결혼할 거라고 연락을 했다.

엄마는 기뻐해줬지만 오빠의 반응은….

"헤에, 인간에 관심이 있긴 했구나."

뭐어어어어어어?!

다시 생각해도 창호지에 정권 찌르기를 날리고 싶을 만큼 열받는다!!

옛날부터 오빠는 날 바보 취급했고, 그건 어른이 된 지금도 여전했다.

물론 진짜 독은 오빠에게 엄하지 못한 엄마지만 그걸 그대로 이용해 먹는 오빠도 싫다.

세트로 다 싫다. 싫다는 표현은 너무 약하다.

내 마음속에 있는 과거를 없애고 싶다. 그 자리를 맥주로 채우고 싶다.

"후우."

떠오른 기억에 울컥했지만, 싫은 곳에서 도망쳐 나와서 굳이 싫은 기억을 떠올릴 필요는 없다. 감정을 수습한 나는 아침 준비에 들어갔다.

아침은 늘 빵 한쪽과 커피다. 6개들이를 사면 상하기 때문에 편의점

에서 3개들이를 사서 매일 먹고 있다. 봉투를 열어 딸기잼을 발라 대충 먹는다. 혼자 먹는 아침은 아무거나 상관없다… 핸드폰을 보며 밥 먹어도 혼나지 않는다니 최고다. 신이 그린 존귀한 그림에 기도를 올립니다!

그리고 서랍에서 표식 없는 작은 상자를 꺼냈다. 거기에 메이크업 도구 세트가 들어있다. 기본적으로 나는 회사에 갈 때만 화장을 한다. 업무 상대를 맨얼굴로 대하는 건 매너 위반… 그 정도는 나도 알기 때문에 기본적인 화장만 한다. 화장품은 Twitter에 소개된 걸 대충 골라 사용한다. 스킨로션은 몇 년이나 똑같은 올인원 타입이다. 어차피 얼굴 위에서 섞일 건데 이거면 충분하다.

간단히 끝내고 정리하는데 2층에서 소리가 났다.

까맣게 잊고 있었는데 타키모토 씨도 오늘은 여기서 출근하겠네. 말을 걸까… 싶었지만 어른이니까 자기가 알아서 최적의 수단을 찾겠지? 라고 생각했다.

나와 타키모토 씨는 소지품이 다르니까 당연히 가는 방법도 다를 거다.

빵을 다 먹고 봉투를 닫는데,

"안녕하세요."

타키모토 씨가 내려왔다.

회사용 정장 차림으로 어제 봤던 러프한 복장과는 달랐다.

와아. 아무도 없는 게 기본이었던 우리 집 2층에서 인간이, 그것도 동료가 내려오고 있네.

신선해서 가슴이 뛰었다.

우와, 같이 살고 있어! 새삼스럽지만 무슨 농담이나 질 좋은 콜라주 같았다.

"안녕하세요."

그런 생각을 하면서 나는 태연한 얼굴로 미소 지었다.

"저, 아침부터 좀 그렇지만… 잠깐 이야기 좀 할 수 있을까요? 이런 건 얼굴 보고 말하는 게 좋을 것 같아서요."

타키모토 씨는 부엌 앞 복도에 우두커니 서서 내게 말했다.

"아, 네, 그럼요. 앉을까요."

나는 거실 의자에 앉으라고 권했다. 타키모토 씨는 배낭을 멘 채 의자에 앉았다.

배낭이 등받이에 눌려 머리 높이까지 올라왔다.

…좀 이상하지만 지적하지 않는 게 좋겠지.

남은 커피를 마시라고 권하자 타키모토 씨는 꾸벅 고개를 숙인 뒤 한 모금 마셨다. 그리고,

"저어… 죄송하지만 다음에 저희 어머니를 만나주실 수 있을까요? 어머니가 오래 사귄 분이 있는데 저 때문에 결혼을 안 하고 계셔서 빨리 안심시켜 드리고 싶어서요."

그 말에 나는 몸을 앞으로 내밀었다.

"그게 결혼하고 싶은 이유예요?"

타키모토 씨는 조용히 수긍했다.

어머님은 혼자서 타키모토 씨를 키웠다고 듣긴 했다.

아들이 결혼하지 않으면 자기도 결혼하지 않겠다니, 타키모토 씨를 정말 소중히 생각하고 있구나.

그리고 타키모토 씨도 위장결혼이라도 좋으니까 안심시키고 싶어 하다니 착하네.

가슴속에서부터 흥미가 불쑥 고개를 들었다.

우리 어머니랑 완전 반대라서 더 부러운걸. 만나보고 싶어.

"그럼 오늘 가죠."

라고 말해버렸다.

"네…? 그렇게 갑자기 가도 괜찮겠어요?"

타키모토 씨가 놀라서 묻는다.

"난 괜찮은데 타키모토 씨 어머님은 괜찮으실까요? 오늘 갑자기 보자고 해도. 힘들면 주말이라도 괜찮긴 한데 빨리 보는 편이 좋을 것 같아서요."

나는 낯을 가리지 않아서 아무 문제 없다. 오히려 다양한 사람과 처음 만나 이야기하는 걸 좋아한다.

깊이 사귀는 건 다른 이야기라 귀찮아져서 도망쳐 버리지만 겉모습만 꾸미는 거면 자신 있다고 생각한다.

타키모토 씨는,

"그건 괜찮을 겁니다. 최근엔 밤에도 일찍 돌아오시는 것 같던데… 그럼 연락 해볼게요."

라고서 핸드폰을 만지기에 나는 황급히 말했다.

"아, 손님을 고민 않고 집에 들일 사람은 적을 거예요. 어머님에게는 우리도 회사 끝나고 가겠다는 거랑 선물은 필요 없다는 말만 전하면 될 거고요. 이건 제 생각인데 조금 괜찮은 일식당에서 식사를… 아, 거래처에서 회식할 때 쓰는 하나다야는 어때요?"

내가 어머니 입장이었다면 당연히 '오늘 결혼할 상대 데리고 갈게'라고 하면 '잠깐만, 나 청소할 시간 좀 줘'라고 할 거다.

사실 타키모토 씨가 올 때 나는 전날부터 집을 뒤집었다.

'입을 옷이 없어!'란 생각도 할 수 있다. 그러니까 간단한 인사만 하는 거예요… 라고 말해두지 않으면 대개는 당황하기 마련이다.

"그렇군요. 하나다야라면 어머니도 좋아하실 겁니다."

"반짝 세트를 예약하죠. 거기 들어있는 로스트비프 좋아하거든요."

난 고기를 좋아하는데 제일 좋아하는 건 로스트비프다.

소스가 특히 맛있다. 양파의 단맛이 고기의 맛을 돋워줘서 얼마든지 먹을 수 있다.

타키모토 씨는 눈을 가늘게 모으고서,

"알겠습니다. 작년에 합병 파티에 나온 로스트비프도 하나다야 거였죠. 그것도 맛있었어요."

라고 말했다.

오!! 나는 순간적으로 몸을 앞으로 들이밀며 소리쳤다.

"타키모토 씨도 좋아해요?!"

회식 때 나오는 도시락에는 2개밖에 안 들어 있다. 늘 남기는 동료인 세가와 씨 몫까지 먹고 싶지만… 회사의 '아이자와 씨'는 그런 짓을 못 하기 때문에 참았다.

작년 내가 있는 문구 회사는 전기 제조사와 합병했다. 그 파티에서 하나다야의 로스트비프가 잔뜩 나온 걸 봤을 때는 정말 기뻐서 동료들에게 들키지 않도록 조심해서 여러 번 가져와 먹었었다.

타키모토 씨도 그걸 좋아했다니 정말 기쁘다.

"하나다야는 예약하면 커다란 로스트비프를 먹을 수 있거든요. 카네다 중기의 사장님이 좋아하셔서 주문한 적이 있습니다."

"어… 그거 궁금한데… 오늘은 인사니까 그건 다음 기회에… 타키모토 씨랑 둘이 가요!"

특별 주문할 수 있는 줄은 몰랐다.

산처럼 쌓여 있다면 그거랑 흑생맥주 곁들여서 먹고 싶어!

타키모토 씨는 "어제 설거지 담당이셨으니까…" 하고 머그컵을 부엌에서 씻으며,

"하나 더 확인하겠습니다. 결혼하는 거 회사에는 말할 건가요?"
라고 물었다.

"아… 그렇네요. 어떻게 하죠."

그건 나도 고민하고 있었다. 우리 회사의 내 후배인 이와사키 씨랑 타키모토 씨 상사인 하세가와 씨가 부부다.

그 밖에도 사내 결혼을 한 커플이 많아서 호의적인 분위기다.

"혼인신고하면 말할까요."

내가 그렇게 말하자 타키모토 씨는 "네" 하고 조용히 미소 지었다.

그러고서 "그럼 회사에서 봐요"라며 현관에서 신발을 신고 나갔다.

회사엔 어떻게 가지? 창으로 훔쳐보니 자전거를 타고 쌩~ 내려갔다.

특별쾌속이 서는 역까지 자전거 타고 가려는 걸까. 그대로 바라보고 있자니 몇 분 만에 언덕 아래에 도착했다. 빠르네~! 그리고 기분 좋겠다.

나도 해보고 싶은데…! 아니, 하지만 집에 올 때가 지옥이잖아.

사실 이 집에 이사 온 뒤 10년 동안 자전거로 이 언덕을 내려간다는 선택지는 한 번도 생각해본 적이 없었다.

다른 사람과 살면 내가 지금까지 생활했던 것과는 다른 시선이 생긴다는 게 참 대단하구나.

사고방식이 고정되었던 게 느껴진다. 신선했다.

문단속을 한 뒤 나는 컨버스를 신었다. 그리고 걸어가기 시작했다.

나는 역까지 당연히 걸어가는데, 회사용 펌프스는 망가지기 때문에 역까지는 컨버스를 신고 간다.

이건 캔버스천으로 된 운동화이기 때문에 비닐봉투에 넣으면 부피가 작아진다.

그리고 이걸 가방 제일 아래쪽에 밀어 넣고 회사로 가져가는 것이다.

강의 수면이 태양 빛을 받아 반짝반짝 빛난다. 오늘도 날씨가 좋은 걸!

좋아~, 결혼해보자고~!

거짓말이다.

나는 아이자와 씨에게 거짓말을 했다.

거짓말이랄까, 영업 테크닉 중 하나인 '당신이 좋아하는 건 나도 좋아해요'라고 먼저 제시해 상대를 안심시키는 방법이다.

나는 전부터 아이자와 씨가 좋아하는 음식을 알고 있었다.

사실 처음에 '관심을 갖고 아이자와 씨를 본' 것은 회사 합병 파티에서였다.

그때까진 몰랐는데 아이자와 씨는 로스트비프를 무척 좋아하는지 벽으로 천천히 이동해 고기를 집어선 다 먹고 나면 다시 접근했다.

그건 높으신 분이 인사할 때나 빙고 대회 등 모두의 시선이 요리에서 벗어날 때에 몰래… 반복되었다.

쿨 뷰티인 아이자와 씨가 그런 짓을? 나는 도저히 믿기지 않았지만, 겨울 코미케에서 얼굴에 커버를 올리고 자는 모습을 보고서 확신했다.

이게 아이자와 씨의 진짜 모습이다.

물론 나도 로스프비프를 좋아하긴 하지만, 뭘 제일 좋아하냐고 묻는다면 초밥일 거다.

내가 좋아하는 건 로스트비프를 몰래 먹는, 꾸미지 않은 아이자와 씨의 모습이다.

나는 언덕을 내려오며 자전거 핸들을 단단히 쥐었다.

5월이 끝나고 여름의 인사 같은 습도를 머금은 바람이 뺨을 스친다.

아무리 억눌러도 자꾸 미소가 나오고 만다.

"…다음에… 타키모토 씨와 둘이 가요! …라니."

솔직히 너무나 기뻤다.

나를 향해 지은 그 미소도, 말도 모두 다.

당신의 미소를 볼 수만 있다면 나는 뭐든지 좋아요. 로스프비프 덩어리라도 먹을 수 있어요. 오늘부터 좋아하는 음식이 되었다.

너무 기뻐서 그대로 자전거를 타고 도심의 회사까지 갈 수 있을 것같았지만, 그러면 확실하게 지각할 거고 무엇보다 땀 냄새가 나면 곤란하기 때문에 자전거를 세웠다.

시계를 보고 5분도 안 걸려 내려왔단 사실에 놀랐다.

집에 갈 땐 20분은 넘게 걸릴 것 같은데.

아아, 솔직히 출근하기 전부터 집에 가고 싶다.

"장난 아냐, 타키모토. 하세가와 씨 얘기 들었어?"

회사 근처 편의점에서 차를 사려는데 동료인 키요카와가 말을 걸어왔다. 키요카와는 영업부 내에서 소식이 제일 빠르다.

영업의 중요 업무 중에는 정확한 정보 수집이 있다. 단골 거래처가 좋아하는 것, 좋아하는 타입, 좋아하는 가게.

모두가 원하는 상품에 영업이 필요 없다는 걸 생각하면, 사는 사람의 정보는 매우 중요하다.

무슨 일이야? 묻자 키요카와가 갖고 온 차와 프리스크(주5)도 같이 사서 횡령을 꾀한다.

고맙다고 인사하며 키요카와는 차를 한 모금 마신 뒤 능글능글 웃었다.

주5) 프리스크: 벨기에의 프리스크사가 제조하는 박하맛 사탕.

"하세가와 씨가 바람피운 게 들켰대."

키요카와는 눈을 크게 뜨고서 솔직히 너무 재미있어 죽겠다는 얼굴로 이야기를 시작했다.

하세가와 씨라면 우리 영업부서의 과장이다.

바로 조금 전에 아이자와 씨와 이야기했던… 후배 이와사키 씨와 결혼한 사람인데, 다른 사람하고 불륜을 했단 말인가.

"상대가 하세가와 씨 동기 중에 지금 오사카에 있는 유사 씨래. 우와, 이거 너무 궁금하지 않냐. 당분간 2과엔 못 가겠네. 완전 장난 아냐."

2과는 아이자와 씨가 있는 디자인과다.

유사 씨도 원래 2과 출신으로 2년쯤 전에 오사카로 전근했을 거다.

…가만히 생각해 보니 하세가와 씨와 이와사키 씨가 결혼한 것도 2년 전이다.

"아아, 하세가와 씨는 유사 씨와 사귀다가 헤어지고 이와사키 씨와 결혼한 거구나."

사내에선 몰랐을 거다.

키요카와는 한쪽 눈썹을 치켜올리며 표정을 일그러뜨렸다.

"그보다 더 심해. 하세가와 씨가 유사 씨를 버렸대. 젊은 애랑 결혼할 거라면서~. 부장한테 그렇게 들었거든."

"그렇구나, 큰일이겠네."

내가 수긍하자 키요카와는 신나서 떠들어댔다.

"하세가와 씨 내일 돌아온다더라. 크으~ 이와사키 씨가 오사카로 쳐들어갔다는데 재미있는 이야기를 들을 수 있겠어~."

키요카와의 이야기를 들으면서 그럼 내일은 저녁 술자리에 끌려가지 않게 점심시간에 이야기를 들어야겠다고 다짐했다.

밤의 술자리는 기운 좋은 키요카와가 같이 있는 편이 좋다. 나는 빨리 퇴근하고 싶으니까 먼저 하세가와 씨의 김을 빼두는 게 좋을 것 같았다.

나는 그 자리에서 하세가와 씨가 좋아하는 국수집의 점심을 예약했다.

표면상으론 다들 일하고 있었지만 회사의 흡연실과 화장실은 이 이야기로 떠들썩했다.

하세가와 씨와 유사 씨는 오랜 사이다… 느니 유사 씨는 불임이라… 느니 하세가와 씨는 아이를 원했다… 느니.

솔직히 아무 근거도 없는 과장된 소문들.

나는 이런 이야기가 불편했다. 반대 입장이 된 순간 이렇게 입방아에 오를 거라 생각하니 회사라는 조직에 존재하는 게 싫어진다.

점심시간.

키요카와 식사하기 위해 2층에서 엘리베이터를 기다리는데 2층 현관홀에 아이자와 씨가 있었다. 1층에 소문의 이와사키 씨와 몇 명의 여자들도 같이 있었다.

아이자와 씨는 나를 보고 살짝 미소를 지었다.

와아, 이것만으로도 너무 기쁜걸.

아침부터 근거 없는 험담으로 피폐해졌던 마음이 풀어진다.

지금까지 나는 늘 혼자서 아이자와 씨를 바라보았는데 아이자와 씨가 먼저 날 봐주다니… 그런 생각을 하고 있는데,

아이자와 씨는 팔꿈치를 접어 손끝을 위로 든 상태로 손가락을 까딱까딱 움직이기 시작했다.

"……?"

뭐지, 손끝이 가려운가?

의아하게 쳐다보는데 이번엔 눈을 감고 머리를 가볍게 흔든다.

"……?"

뭐지? 뭘 전하려고 하는 거지?

내가 주머니에서 핸드폰을 꺼내 톡 두드린 뒤 아이자와 씨에게 보여주는데 시간이 오버되었다.

엘리베이터가 와서 올라탔더니 아이자와 씨한테서 LINE이 왔다.

『그러고 보니 LINE이 있었죠. 이와사키 씨와 하세가와 씨 일로 두 과가 냉정하지 않을 테니 조금 진정된 뒤에 결혼 보고를 하기로 해요.』

라고 적혀 있었다.

그렇지, 내 생각에도 지금 말하는 건 아닌 것 같다.

…으음?

나는 조금 전의 아이자와 씨가 보인 묘한 움직임을 떠올렸다.

혹시 아까 손가락을 위로 들고 흔든 건 '냉정하지 않다'.

눈을 감고 고개를 저은 건 '진정해'? 인가.

"풋…!"

나도 모르게 웃음이 터졌다.

왜 그런 블로킹 사인 같은 걸로 알려온 거지.

결혼하는 건 비밀이라서 그런가.

아니, 그래도 LINE이 있잖아.

나는 머리를 감싸쥐었다.

…아이자와 씨, 너무 귀여워….

계속해서 LINE이 왔다.

『모든 건 당사자들만 아는 일들이니 일단 우리는 옆에 있어줘요.』

…으음, 정말 그렇다.

냉정하고 확고하다. 아이자와 씨는 '언제나 자기 자리를 잘 지키는 사람'이다.

그리고 모든 일에 거리감이 똑같아서 안심이 됐다.

나는 LINE으로 답장을 보냈다.

『알겠습니다. 저녁에 하나다야 예약 잡아놨어요. 어머니도 괜찮다네요.』

그렇게 입력하자,

『알겠습니다.』

라고 답이 돌아왔다.

기뻐서 얼굴이 풀어진다. 정보 냄새를 기가 막히게 맡는 키요카와가 다가와,

"계약 따냈어?"

라고 묻기에,

"응, 큰 데로."

라고 대답했다.

아이자와 씨와 결혼하겠다는 보고를 어머니에게 한다.

이렇게 기쁜 계약은 지금까지 따본 적이 없었다.

■제9화 인사하려고 했는데

"가져오길 잘했어~."

나는 USB를 가져와 하나다야 근처의 커피숍으로 들어갔다.

아침 시점에서는 어머님과의 약속 시간이 정해지지 않았었지만 일단 USB에 데이터를 넣어 오긴 했다.

결국 약속 시간은 19시가 되었고, 평소처럼 퇴근한 나는 충분한 시간을 확보할 수 있었다.

주말에 잡힌 이벤트에서 와라비의 부스에서 도우미를 뛰기로 되어 있었다.

거기 둘 무료 배표 복사본을 지금 찍을 수 있겠다!

옛날에는 복사본 하면 편의점에서 출력했다.

모 편의점 복사기는 진화했지만 전문점은 전혀 다르다.

작업할 수 있는 컴퓨터가 있고 거기에 모든 앱이 들어 있어 바로 수정할 수 있다.

그리고 종이 종류도 풍부한 데다 무엇보다 제본된 상태로 나온다.

이건 신이야!

문제는 도내에 몇 점포에만 존재한다는 사실.

그리고 이 가게는 사진관이 부업으로 하는 작은 가게라 복사기가 한 대밖에 없다.

약속 시간까지 1시간 남짓. 시간만 보면 여유로운데….

"어? 글자가 안 보이는 농도인가…?"

내가 쓰고 싶은 복사기를 계속 붙잡고 있는 사람이 있어서 복사를 할수가 없었다.

그 아이는 세일러복을 입은 학생으로, 뒤에서 지켜보니 나처럼 복사본을 만들려고 한다는 걸 알 수 있었다.

다른 복사기도 있지만 책 모양으로 나오는 건 이 한 대뿐이다.

평소엔 도와주는 직원이 있는데 오늘은 없는 것 같았다.

으음―.

이 가게는 하나다야와 가깝지만 그래도 15분 전에는 나가야 되는데.

나는 출력되어 나오는 원고를 슬쩍 보았다.

…아하.

"저기요, 이건 농도 조정으론 어려울 것 같은데요."

"네?!"

몸을 돌린 여자애는 커다란 안경을 치켜올리며 쳐다보았다.

하얀 피부에 가지런하게 자른 앞머리에 화장은 안 한 것 같았다. 매우 성실해 보이는 아이다.

나는 먹칠 위의 글자 테두리는 이 사이즈 원고라면 3픽셀 이상이 필요하다는 것, 이 폰트는 안 맞는다는 것… 등을 가르쳐주었다.

"데이터를 수정해야 하나요."

라는 여자아이의 말에,

"바라는 결과를 내려면 수정이 필요할 것 같은데요."

라고 단호하게 말했다.

알겠습니다, 고맙습니다… 라며 여자애는 아크릴 키링이 달린 USB를 뽑아서 내게 차례를 넘겨줬다.

좋았어, 안 늦겠군. 나는 디지털 데이터를 불러와 빠르게 복사를 시작했다.

위―잉, 위―잉, 복사기가 기분 좋게 움직이며 책을 뽑아낸다.

신이다…!!

나는 열 부씩 손에 들고 가져온 종이를 이용해 다발로 묶어 상자에 담았다.

주말엔 이대로 가져가면 된다.

뒤를 돌아보니 방금 전의 여자애가 가게 컴퓨터를 이용해 필사적으로 작업하고 있었다.

슬쩍 보자 으음… 그 폰트론 아까와 똑같은 일이 벌어질 텐데.

나는 뒤에서 스스슥 접근했다.

"…여기 있는 폰트 가지고 해결하려면 최소 W8 이후여야 해요. 테두리는 여기에 달고요. 이건 틀어져요."

"!! 고맙습니다."

나는 여자애의 원고에 파바박 지시를 내리고 덤으로 복사기 설정도 해주었다.

아하, 장르는 인협 게임이군요. 상당히 마이너한데! 게다가 주류하곤 역 커플링인가.

하지만 이해해… 떡대수 좋지!

당연히 말하진 않았지만. 이건 매너잖아.

"고맙습니다!"

"뭘요."

나도 처음 동인지 만들었을 때, 생각대로 선이 안 나온다, 톤을 붙였는데 새하얗다, 반대로 새까맣다, 글자가 안 보인다…, 제발 누가 좀 가르쳐주길 진심으로 바랐다.

그러니까 어린아이가 열심히 노력하는 모습을 보면 나도 모르게 돕게 된다.

장래에 그 아이가 내 장르로 와서 신 배급을 해줄지도 모르잖아! 미래를 위한 투자는 결국 나 자신에 대한 투자인 법이다.

여자애는 내게 인사하며 가게를 나섰다.

장래의 신, 배급 잘 부탁해… 나는 미소를 지으며 배웅했는데,

"…아!"

탁자 위를 보니 여자애가 아까 작업하던 컴퓨터 옆에 홍차 가게 봉투가 놓여 있는 것이 눈에 들어왔다.

확인하자 여자애는 아직 가게 밖에서 전화 통화를 하고 있었다.

늦지 않았어!

나는 봉투를 손에 들고 전화 중인 그녀 앞으로 가서 눈앞에 봉투를 쓱 내밀었다.

"!!"

여자애는 전화 통화를 하며 머리를 숙이고 그걸 받아 들었다.

다행이다.

그 봉투는 지금 니혼바시에서 하는 영국전에서만 파는 홍차 봉투일 거다.

궁금했거든! 내일 일 마치고 가려고 했거든~. 유명한 스콘이 왔거든. 엄청 먹어보고 싶은 스콘이.

나는 스케줄에 '스콘'을 넣은 뒤 하나다야로 향했다.

하나다야는 작은 일본 정원이 가게 한가운데에 자리한 고상한 가게다.

한가운데의 정원은 계절마다 보여주는 얼굴이 다르다.

5월 후반인 지금은 등나무 시렁이 아름답다. 어둠 속에 고상한 조명이 보라색 등꽃을 더욱 아름답게 만들어준다.

"안녕하세요, 타키모토의 엄마예요."

"안녕하세요, 아이자와 사츠키입니다."

조용한 방에서 타키모토 씨의 어머님을 만나 인사했다.

타키모토 씨의 어머니는 짧은 회색 머리로 상냥해 보이는 인상이었다. 눈이 타키모토 씨를 많이 닮아서 아아, 역시 엄마구나 싶었다.

시크한 베이지색 정장을 입고 있었는데,

"퇴근하고 와서 이런 복장이라 미안하네요."

하고 고개를 숙였다.

내가 더 미안한데.

"제 생각만 하고, 갑자기 이야기를 정하게 되어 죄송합니다."

하고 머리를 숙이자,

"류타한테 이야기 듣고 나야말로 빨리 만나고 싶었답니다. 잘 부탁해요."

라며 어머님이 말해주었다.

아아… 너무나 생각한 그대로의 사람이다. 우리 집과는 천양지차야.

제공된 식사를 하면서 타키모토 씨는 자세를 바로하고는,

"그러니까 안심하고 타치바나 씨와 결혼해. 난 이제 괜찮으니까."

라고 말했다.

나도 조용히 눈을 내리깔고서 고개를 가볍게 숙이며 동의를 표했다.

어머님은 후우… 한숨을 쉬며 젓가락을 내려놓았다.

"나도 그러곤 싶은데… 아무래도 그쪽 따님이… 에리카라고 하거든. 내가 집에 들어가는 걸 싫어하는 눈치더라고. 밖에서 차는 자주 마시거든? 오늘도 이걸 갖고 와줬지 뭐니. 류타랑 결혼할 사람한테 전해달라고… 잘 부탁한다면서!"

"아… 신경 써주셔서 죄송하네요. 저는 정말 퇴근하고 와서 아무것도 못 챙겼는데…."

"에리카가 가져다준 거야. 나야 아이자와 씨와 똑같지. 오늘은 인사하는 자리잖아."

부드럽게 미소를 지어준다.

아아, 배려를 배려로 돌려주었어.

그럼 죄송합니다, 고맙습니다… 하고 봉투를 받아 들었다.

이건 영국 홍차. 이건 내가 좋아해서 내일 사러 가려고… 머릿속으로 말을 준비하며 봉투 안을 보니,

"!!"

아까 커피숍에서 본 아크릴 키링이 달린 USB가 보였다.

이건 틀림없이 아까 만난 여자애가 쓰던 USB다.

그 커피숍은 하나다야와 매우 가깝다.

그러니까 나와 같은 사고 패턴이었나? 선물을 사고 약속 장소와 가까운 그 가게가 있으니 온 김에 복사본을 인쇄한다….

아까 그 여자애는 타키모토 씨의 어머님 재혼 상대 따님이었어!

이런 우연이 가능한가?

나는 들키지 않게 봉투 안에서 USB를 꺼내 재킷 주머니에 넣었다.

여기엔 그 원고 데이터가 들어있을 거다. 내용은 당연히 인협 BL일 테니 재혼 상대에겐 보여주고 싶지 않을 거다.

"타치바나 씨 댁에 찾아가도 방에서 한 발자국도 나오지 않고 쉬는 날에도 집에 잘 없어서… 역시 내가 가족이 되는 걸 싫어하는 게 아닐까."

"에리카는 성실하고 착한 아이고 학교가 엄해서 공부하느라 힘들어서 그런 거 아닐까."

타키모토 씨가 변명해준다. 그래, 공부할 거야.

하지만 방에서 원고도 하고 있겠지, 에리카 양.

게다가 아까 찍던 인쇄본, 준비호였으니까 본체는 떨어졌을 거야…
아마도.

발간한다고 안내하고 부스도 잡았으니 탁자 위에 아무것도 안 놓을
수는 없어서 만든 거라고!

타키모토 씨 어머님은.

"그러니까 고등학교 졸업할 때까진 기다릴 생각이야."

"나 때도 그러면서 기다렸잖아… 타치바나 씨도 같이 살고 싶다고 했
잖아?"

"하지만 에리카의 마음이 제일 중요하니까."

아아, 정말 좋은 분들이구나.

하지만 그게 아니에요.

자기 성이나 공간이 있는데 아빠 하나면 적당히 둘러댈 수 있지만 모
르는 사람이 들어오면 차분하게 원고 작업을 못 하는 게 아닐까?

에리카의 심정은 잘 알겠다! 하지만… 옆을 슬쩍 보니 타키모토 씨도
어머님도 낙담해 있었다.

일단 내가 할 수 있는 일은 이【생명 같은 USB】를 건네주는 것이다.

"다음엔 댁으로 찾아뵙겠습니다. 류타 씨가 어릴 때 이야기도 듣고
싶어요."

"꼭 와줘요. 기다릴게."

어머님과 우리는 지하철 역 앞에서 헤어졌다.

옆에서 타키모토 씨가 "후우…" 하고 한숨을 쉬고서 "수고했어요" 라
고 말했다.

나는 타키모토 씨를 진지하게 쳐다보며,

"에리카 LINE 알아요?"

라고 물으며 주머니에서 아크릴 키링이 달린 USB를 꺼냈다.

지금쯤 무척 당황하고 있겠지.

나도 편의점에 BL 원고를 잊고 온 적이 있기 때문에 이해한다.

타키모토 씨는,

"알긴 하는데요…?"

라며 고개를 갸웃거렸다.

연락이라도 오늘 안에 해놔야지, 안 그러면 에리카가 울 거야!

■제10화 처음으로 같이 돌아가는 밤

"아아, 그거 긴급사태네요."

나는 아이자와 씨에게서 이야기를 듣고 이해했다.

돌덕인 내 입장에서 보자면 악수하려고 대량으로 사들인 똑같은 사진이 담긴 앨범을 아이자와 씨 어머님에게 들킨 거나 같은 거려나.

상상만으로도 오싹하다. 만약 들키면 영원히 만나고 싶지 않을 거야.

에리카는 그냥 보면 아가씨 학교에 다니는 얌전한 고등학생이다.

그러니까 취미는 알리고 싶지 않을 거다.

나는 바로 에리카에게 LINE을 보내려고 했지만, 뭐라고 써야 할지 고민됐다.

그러자 아이자와 씨가 내 앞으로 한 걸음 나왔다.

"타키모토 씨, 나랑 같이 사진 찍어요. 난 오른손에 USB를 들고 있을게요. 그 사진을 보내면 모두 이해해줄 거예요."

"아, 그렇네요."

나는 핸드폰 카메라를 돌려 아이자와 씨에게 한 걸음 다가갔다.

아이자와 씨도 내 옆으로 다가왔다. 머리카락이 부드럽게 내 뺨을 스쳤다.

그리고 샴푸인지 화장품인지 처음 맡아보는 고귀한 냄새가 나서 심장 소리가 온몸으로 울려 퍼졌다.

들키지 않게 숨을 멈추고 조용히 코로 숨을 쉬었다. 조금 전에 마늘이 들어간 고기 요리를 먹었기 때문에 가까이 있으면 긴장된다.

아이자와 씨는 프리뷰 화면을 보고 불만을 표했다.

"이렇게 어두우니까 아까 만난 나란 걸 알아보기 힘들겠는데요. 가로등 아래로 가서 찍어요."

우리는 빛을 찾아 이동했다.

가만히 생각해 보면 둘이 찍는 첫 사진이다.

왠지 기뻐서 찍은 사진은 보존해 두기로 다짐했다.

우리는 가로등 아래에서 다시 사진을 찍었지만 아이자와 씨의 표정은 어두웠다.

"셀카를 찍은 게 몇 년 만이라… 내 얼굴 보니까 싫어지네요."

라고 자학적으로 말해서,

"아뇨, 아무 문제 없는데요."

하고 일할 때처럼 말해버렸다. 하지만 정말로 아이자와 씨는 예쁘게 잘 나왔다.

아이자와 씨는 사진을 보고,

"타키모토 씨가 사진발 더 잘 받잖아요."

라고 해서 나는 진실을 알려주기로 했다.

"큰 이벤트에선 아이돌과 같이 사진을 찍을 수 있거든요. 그래서 셀카를 좀 찍을 줄 알아요."

"아~ 그렇구나~, 그래서 연마된 기술이군요. 기술은 있으면 손해 볼 거 없죠. 그런데 정말 포토샵으로 안색 좀 수정하고 싶다… 아니, 이게 아니라 이러면 될 거 같아요. 보내주세요."

아이자와 씨의 지시대로 나는 사진을 에리카에게 보냈다.

딱 한 번 나와 엄마, 타치바나 씨와 에리카가 같이 식사한 적이 있는데 그때 인사하면서 연락처를 교환했었다.

보내자마자 읽음이 뜨더니 순식간에 전화가 걸려 왔다.

『타키모토 씨, 이건…!』

지금까지 들어본 적 없는 당황한 목소리다.

나는 조용히,

"USB를 갖고 있는 사람에게 전화 바꿀게요. 그게 더 말이 잘 통할 테니까."

라고 말하며 핸드폰을 아이자와 씨에게 건넸다.

"여보세요? 아까 커피숍에서 만난 사람이에요. 아, 막차도 있고 하니 일단 만나죠. 어디까지 나올 수 있어요?"

역시 아이자와 씨는 행동력이 좋다.

에리카는 고등학생이기도 해서 밤늦게 멀리까지 나오면 아버지가 이상하게 볼 테니 집 근처 편의점까지 가져가기로 했다.

"놀랐어요….”

에리카는 편의점 식사 코너에 앉아 기다리고 있었다.

"네, 일단 USB부터 받아요. 이거… 맞죠?"

아이자와 씨는 에리카 옆에 앉았다. 에리카는 USB를 단단히 쥐고서 고개를 끄덕였다. 다행이야….

"선물 봉투에 넣어둔 걸 깨달은 뒤로 눈물이 멈추지 않았어요. 안을 보면 평생 타키모토 씨를 못 만날 거란 생각에 정말 어떻게 해야 할지 …."

"작아서 오히려 더 위험하지. 집 열쇠에 달아두는 게 좋아. 그러면 꽂아놓고 까먹을 일도 없으니까."

아이자와 씨는 에리카에게 말했다.

너무 늦으면 의심받겠지? 라는 말로 에리카를 재촉해 가게를 나서기로 했다. 아무것도 안 사가면 들킬 테니 나는 아이스커피와 고기만두를 3개 샀다.

"고기만두…?"

에리카는 그걸 받고 의아하다는 표정을 지었지만,

"늦은 밤에 먹는 고기만두는 맛있죠."

라며 아이자와 씨는 입을 크게 벌려 베어 물었다.

좋아하는 게 같아서 기쁘다.

나는 자연스레 편의점에서 고기만두를 사게 된다.

따뜻하고 동그랗고 부드러운 밤에 부드러운 음식.

우리는 맨션까지 걸어가며 이야기를 나누었다.

달이 높이 뜬 밤, 그림자가 길게 드리운다.

"어머니가 집에 오는 걸 싫어하는 게 아니냐고… 걱정하던데…."

내가 묻자, 에리카는 고기만두를 씹으며 고개를 저었다.

"아니에요. 이제 다 들켰으니까 말하는 건데, 방이 재고 상자로 가득 차서 타키모토 씨한테 보여줄 수 있는 상태가 아니거든요."

"아아…. 어머님이 드나들게 된 뒤로 다 방에 넣어둔 거야? 힘들겠네…."

아이자와 씨는 머리를 감싸쥐었다. 에리카가 계속해서 말했다.

"아빠는 제가 동인지 만드는 거 아는데 공부랑 양립하는 조건으로 허락해주셨거든요. …물론 장르는 모르지만. 하지만 타키모토 씨에게 알려지는 건…."

"아니, 숨기는 게 좋아."

아이자와 씨는 단호하게 말했다.

확연하게 맑은 밤에 깊고 올곧게.

그리고 말을 이어나갔다.

"어머님은 좋은 분이셔서 이해하는 척해주실 거야. 그게 오히려 더 괴로우니까. 절대로 숨기는 게 좋을걸."

"!! 맞아요. 억지로 이해하려 노력하실 것 같아서…."

나는 두 사람의 대화를 들으며 '하긴 우리 엄마는 무리해서 감싸주려 할 성격이지'라고 생각했다.

아이자와 씨는 에리카를 똑바로 보며 입을 열었다.

"옷을 밖으로 꺼내. 상자에서 재고를 꺼내서 거기에 옷을 넣어. 들켜도 괜찮으니까. 그리고 빈 옷상자에 재고를 넣는 거야. 종이봉투 같은 걸로 싸서. 보여줘도 될 만한 물건을 앞에 내세워서 숨기고 싶은 걸 가리는 거지."

"그렇군요. 해볼게요!"

두 사람은 Twitter 계정을 교환했고, 에리카는 연신 손을 흔들면 맨션으로 돌아갔다.

"수고했어요. 그럼 돌아갈까요."

아이자와 씨는 안도한 표정을 지었다.

"여러모로 고맙습니다."

내가 사의를 표하자,

"어머님이 잘 되시면 좋겠네요."

긴 머리를 귀에 넘기며 말해주었다.

나와 아이자와 씨도 전철을 타기 위해 역 쪽으로 걸어갔다.

이젠 시간도 늦어 역에는 술 취한 직장인들이 가득했다. 다들 "수고했어~." 인사하며 헤어지고 있었다.

하지만 나와 아이자와 씨는 다르다. 한 집으로 돌아가니까.

솔직히 그 사실이 너무나 기뻤다.

하지만 아이자와 씨에게 들키고 싶지 않아서 입을 꾹 다물고 냉정한

표정을 지켰다.

그리고 역에 도착했다. 나는 자전거 주차장으로 향했다.

당연히 혼자 자전거를 밀고 가겠지… 라고 생각했다.

하지만 자전거 주차장을 나오니 아이자와 씨가 기다려주고 있었다.

은은한 달빛을 받은 아이자와 씨의 표정은 어두워서 잘 보이지 않았다. 하지만 보이지 않아도 상관없었다. 내 표정은 터지는 웃음을 참지 못하고 있을 테니까.

황급히 입을 열었다.

"미안해요, 기다리고 있을 줄 몰랐네요."

"어차피 목적지가 같잖아요. 이제 가요."

그렇게 말하며 아이자와 씨는 긴 머리카락을 살짝 흔들며 걸어가기 시작했다.

드르르륵…… 자전거 타이어가 돌아가는 소리와 우리의 겹치는 발소리.

처음으로 같이 돌아가는 밤.

그로부터 며칠 후, 일을 하고 있는데 어머니에게서 LINE이 왔다.

『에리카가 집에 들어가는 거 허락해줬어. 앞으로도 놀러 와달래…!』

에리카는 재고를 숨기는 데 성공했나 보다.

그 사실을 아이자와 씨에게 라인으로 알리자,

『잘됐네요. 앞으로도 열심히 만화를 그려주면 좋겠어요.』

라고 동인작가 동료에게 보내는 듯한 답이 돌아왔다.

아이자와 씨다웠다.

나는 화면을 보며 미소 지었다.

③
혼인신고와 두 사람의 일상 편

■ 제11화 콜라보는 괴로워

"어… 뭐야, 많이 파네."

나는 편의점 음료 코너에서 굳어버렸다.

지금 내 장르에서는 차에 한정 증정품을 붙여 팔고 있다.

편의점 한정인데 회사 근처는 전멸이었다.

망했다… 고 생각하면서 밑져야 본전이란 심정으로 동네 역 근처 편의점에 들렀더니 산처럼 쌓여 있었다.

20종류의 랜덤이라 보는 즉시 사는 수밖에 없다.

나는 바구니 가득 차를 담았다.

차라 다행이지. 썩지도 않고 장기 보존도 되니까… 라고 생각하며 바구니를 들어올리자 거짓말처럼 무거웠다.

잠깐만, 이걸 들고 언덕을 오르긴 힘들 것 같은데.

나는 1초 생각한 뒤 바로 결정을 내렸다.

"그래, 왕복하자."

들 수 있는 건 10개가 한계다.

오른손에 5개, 왼손에 5개.

그렇게 일단 가서 카트 챙겨서 언덕 내려와서 가득 담아서 돌아가야지.

"이거 사게요?"

"타키모토 씨!!"

내가 음료 코너에서 상품을 노려보고 있는데 타키모토 씨가 옆으로 다가왔다. 내 다음 전철을 탔나 보다.

그리고 상태를 바로 파악했다.

"증정품을 주는 차네요. 가져가는 거 도와줄게요."

라고 말해주었다.

"신이 강림하셨어…."

나는 밖에서 회사 복장을 입고 있는데 나도 모르게 동인 동료에게 쓰는 표현이 튀어나왔다.

솔직히 그만큼 기뻤다. 타키모토 씨는,

"하지만 20개가 한계일 것 같은데요."

라고 미안하다는 듯이 말해서,

"충분해요, 고마워요!"

라고 머리를 숙였다.

하나라도 더 챙겨 갈 수 있다면 그것만으로도 고맙다. 최애가 나올 확률이 높아지니까.

평범한 상품이라면 생협 배달로 사겠지만, 최근엔 편의점 한정 음료나 과자에 증정이 붙는 게 너무 괴롭다.

하지만 언덕 아래에 있는 편의점이라 남아 있는 거겠지.

"이거 운동이 되겠는데요."

타키모토 씨는 오른손에 10개, 왼손에 10개의 차를 들고 언덕을 올라가 주고 있다.

자전거는 괜찮아요? 물으니 내일은 걸어가면 되죠, 라고 태연히 대답해 주었다.

너무 착하다. 이런 오타쿠적으로 힘쓰는 일을 도와주다니 고마웠다.

나도 두 손에 봉투를 든 상태로 비틀거리며 걸어갔다.

이제 언덕을 오른 지 반밖에 안 됐는데. …갈 길이 너무 멀었다.

"정말 미안해요, 이런 신세를 지다니. 음료는 무거워서… 정말 고마워요. 이거 피겨에 딱 맞는 멍멍이들이거든요."

내 장르는 애니인데, 최근엔 핸드폰용 게임도 출시되고 있다.

애니와 게임은 세계관이 완전히 달라서 게임에선 캐릭터들이 개나 고양이들과 같이 나온다.

이게 귀엽긴 한데 현시점에서 이 동물들의 피겨는 없다, 캐릭터는 있는데!!

그러니까 팬은 이 차를 사지 않으면 캐릭터 옆에 멍멍이를 붙여놓을 수 없는 거다.

내 최애인 카케루에겐 시바키치(개)가 없으면 완성이 안 돼!

이 안에 있으면 좋겠다. 없으면 밤에 다시 가야지. 시바키치만은 포기할 수 없어.

영차… 음료 봉투를 고쳐 든다.

"콜라보 상품이 있다니 부럽네요. 제 최애는 상품과 콜라보할 만큼 잘 나가지 않아서요."

타키모토 씨가 슬픈 목소리로 말했다.

하긴, 지하 아이돌은 콜라보 상품을 내긴 어렵겠지.

"하지만 CD도 많이 사잖아요."

"그렇죠. 신곡 CD는 장수에 따라 사진을 줘서 최소 백 장은 사긴 하죠."

타키모토 씨는 달밤에 생긋 웃으며 말했지만, 나는 그 말을 듣고 뇌 내 계산기가 켜졌다.

"한 장에 얼마인데요?"

"천 엔이요."

"신곡 나올 때마다 10만… 아, 그런데 생각해 보니 저도 지난주에 콜라보 카페에서 3만 엔을 먹었네요."

그리고 지금 차를 5천 엔어치 샀다. 누가 누굴 비웃을 수 있겠나.

타키모토 씨는 천천히 걸으며 입을 열었다.

"음식은 많이 힘들죠. 괜찮으면 다음에 콜라보 카페도 같이 갈까요?"

"네에! 아니, 짐도 들어주시는데 먹는 것까지 같이 가달라고 하긴 미안하죠. 그리고… 별로 맛이 없어요."

나는 쓴웃음을 지었다.

세트 코스터나 탁자에 깐 종이를 갖고 싶을 뿐이라 음식 수준은 아쉬운 경우가 많다.

타키모토 씨는 영차, 하고 짐을 고쳐 들고서,

"먹을 수만 있다면 뭐든 똑같아요. 탄수화물이라 힘들겠다 싶으면 말해주세요. 먹는 건 자신 있으니까."

라고 말해주었다.

"아아~아니… 그래도 네, 그렇죠. 탄수화물 계통은 힘들어서 요전에 제 최애의 밥이 '카케루가 집에서 만드는 햄만 넣은 볶음밥'이었는데 정말 너무 힘들었었거든요."

"아아, 설정까지 가미한 밥이 나오는 건 재미있겠는데요."

바보 취급할 줄 알았는데 칭찬해준다.

타키모토 씨는 "으음" 소리를 내고서,

"디저로즈도 매년 우주시식회라는 걸 하는데요."

라고 말했다.

으음? 또 무슨 재미있는 설정 이야기를 하고 있는데 너무 힘들어서 진지하게 못 듣겠다.

"잠깐만요. 엄청 궁금한데… 잠시 쉬어도 될까요? 어차피 많은데 차라도 마시죠."

나는 언덕 중간에 있는 벤치에 앉았다.

이곳의 언덕은 경사가 심해서 조금만 평평한 곳이 나오면 벤치가 설치되어 있다.

"마침 좋은 위치에 있네요."

타키모토 씨도 내 옆에 앉기에 이 차 꼭 드세요! 라며 봉투에 가득 들어 있는 차를 뜯어 건넸다.

고맙습니다… 하고 타키모토 씨는 차를 한 모금 마신 뒤 이야기를 이어나갔다.

"짧게 말하면 아이돌이 간단한 밥을 만들어주는 자리인데, 이름은 우주시식회인데 평범한 우동이 나온다니까요. 설정에 좀 더 공을 들이면 좋을 텐데 말이에요. 먹지 못할 만큼 맵거나 달거나 해도 재미있지 않을까요. 호시나짱 별에선 매운 걸 맵다고 생각하지 않기 때문에 엄청 매운 걸 내준다. 아카리짱 별에선 설탕이 많이 나와서 설탕 덩어리가 주식이다… 같은 게 있어도 좋지 않을까 싶은데. 그래도 메뉴 표시는 신경을 쓰는데 말이죠…."

타키모토 씨는 단숨에 이야기를 쏟아낸 뒤 메뉴 화면이 찍힌 사진을 보여주었다.

그런데.

"읽을 수가 없는데요."

"맞아요. 우주 언어니까요."

라고 즐겁다는 듯이 웃는다. 그곳엔 귀엽고 동글동글한 문자인지 그림인지 알 수 없는 것이 쓰여 있었다.

"이게 우주의 언어란 설정이군요."

"뭐라고 써있는지 모르니까 뭐가 나올지를 모르는 거죠. 그 설정은 재미있고 편지도 이 문자로 답장을 보내와요."

라며 웃는다.

아이돌만 알 수 있는 말이 있다는 건 무척 재미있는 이야기인 것 같다.

나는 사라진 언어를 좋아해서 그런 책을 자주 본다.

그래서일까… 뭔가 마음에 걸렸다. 이 문자랄까 그림… 본 적이 있는데.

나는 핸드폰으로 검색하다 소리쳤다.

"타키모토 씨, 이거 신할라어라는 스리랑카의 글자를 회전시킨 글자네요. 제대로 된 문장일 가능성이 있어요."

"앗…!"

타키모토 씨가 내 얼굴을 보고 굳었다.

나는 핸드폰으로 검색한 화면을 보여주었다. 신할라어. 그것은 타키모토 씨가 보여준 메뉴 화면에 적힌 글자와 똑같았다.

"이 글자를 보면요. 이걸 180도 회전시키면… 이렇게 되잖아요. 그러니까 '우'예요."

"이걸 주문했더니 우동이 나왔어요."

"도… do로 두 글자, 이거네요. 아, 역시 맞네. 우동이라고 써있네요. 이건 250도 돌려서 귀엽게 보이게 방향을 손보긴 했지만요."

"읽을 수 있군요… 읽을 수 있는 글자였어요."

내 옆에서 타키모토 씨는 말을 잃었다.

하지만 그 심정은 이해가 된다.

지금까지 모른다고 생각했던 최애의 언어가 이해할 수 있는 언어로 적힌 걸 알게 된다면 흥분해 무스카(주6)가 되어버릴 거다.

코스프레하고 소리쳐줄까.

"…아이자와 씨는 어떻게 이 글자를 알았나요…."

주6) 무스카: 지브리의 애니 「천공의 성 라퓨타」에 나오는 악당.

타키모토 씨는 완전히 동요하며 짐을 두 손에 들고 비틀비틀 일어섰다.

"문자가 귀여워서 옛날에 게임계 동인지 그릴 때 마법진에 써먹은 적이 있거든요. 그때도 회전시켜서 썼어서 기억하고 있죠."

"전 5년 동안 매일 봤는데 전혀 몰랐어요."

타키모토 씨는 큰 충격에 망연자실했다.

"스리랑카에서만 쓰이는 말이라 찾아보지 않으면 모르는 게 당연해요. 그나저나 디저로즈는 재미있는 기획을 잘 짜네요."

"그렇죠!! 그럼 못 참겠으니 먼저 집에 가봐도 될까요?! 이 글자로 쓴 편지를 여러 통 받았거든요!!"

타키모토 씨는 두 팔에 차를 들고선 지금까지 올라온 것의 10배는 되는 속도로 언덕 위로 사라졌다.

우와아, 빠르다. 벌써 콩알만해졌네.

아니, 내 걷는 속도에 맞춰줬던 거구나.

정말 착한 사람이야.

"영차."

타키모토 씨가 완전히 언덕 너머로 사라진 뒤로 나는 다시 짐을 들고 일어섰다.

그런데 언덕 너머에서 타키모토 씨가 빈손으로 돌아왔다.

뭐야아아아?! 이 몇 분 만에 집까지 갔다가 돌아와준 거야?!

그리고,

"제가 들게요."

라며 모든 차를 들고 언덕길을 올라가기 시작했다.

"고맙습니다, 미안해요!"

그렇게 뒤따라 걸어가는데 조금 쑥스럽다는 듯이,

"아이자와 씨는 저와 최애의 말을 연결해줬잖아요. 이렇게 기쁜 일은 없어요."

라고 했다.

"아니에요, 별로 대단한 것도 아닌걸요."

나는 고개를 저었다.

우연히 중2적인 이유로 알고 있던 글자다.

스무 살 넘어서도 진지하게 마법진을 그렸던 나였으니 말이다.

"빨리 가서 해석해봐요."

라고 했더니, 그래야죠!! 하고 타키모토 씨는 성큼성큼 언덕을 오르기 시작했다.

최애 파워 대단하다!!

그리고 고마웠다…, 팔이 아파서 힘들었는데.

콜라보 아이템은 조금 더 가벼운 것과 해줬으면 좋겠습니다, 운영자님….

■제12화 탄생제를 앞두고

"이건 …'오'구나. 다음은… '우'… 인가? 제대로 된 문장이네…."

나는 아이자와 씨가 알려준 신할라어 일람 사이트를 보면서 글자를 참조해 나갔다.

번역해주는 사이트도 있었지만, 글자를 회전시켜놨기 때문에 그대로 읽는 건 불가능했다. 하지만 한 자, 한 자가 논짱이 가르쳐준 글자라고 생각하니 그것만으로도 기뻤다.

무엇보다 미안한 마음이 컸다.

디저로즈는 결성된 지 5년인 아이돌 그룹이다.

처음 2년은 평범한 아이돌이었지만, 프로듀서이자 사장인 라리마 제독이 개입하면서 우주인 아이돌이 되었다.

그때부터 응원하기 시작했는데 몇 년을 응원했는데도 전혀 몰랐다.

논짱을 비롯해 모두 이 문자로 쓴 편지를 보내줬었는데.

전해지지 않는다면 대충 써도 되지 않냐고 생각하는 게 일반적인 사고방식일 거다.

사람은 감시의 눈길이 없으면 너무나 쉽게 편한 길을 선택하게 된다.

그게 일반적이다.

라리마 제독이 관리하는 건지 디저로즈의 뜻인지는 알 수 없지만.

편지는 프린트된 것으로 매번 달랐다.

이렇게 매번 만들려면 힘들지 않냐고… 아이자와 씨에게 물어봤더니,

"글자는 한 번에 나오니까 그림 툴이나 소프트웨어에 그걸 넣고 회전만 시키는 걸 거예요. 그림으로 그리려면 힘들지만 키보드 설정만 바

꾸면 글자 입력이야 쉽죠."

하고 실제로 조작해서 보여줬다.

그림 툴 소프트웨어는 전혀 다루지 못하는 내가 볼 땐 마법 같은 행위였지만, 글자를 읽을 수 있다.

그것만으로도 정말 기뻤다.

(참고로 아이자와 씨는 최애의 개, 시바키치가 세 마리가 나왔다며 무척 기뻐했다. 다행이다.)

결국 나는 지금까지 받은 편지 20통을 바로 찾아보았다.

『늘 응원해줘서 고마워. 또 와줘』

『지난주엔 없어서 외로웠어. 역시 자리 지켜주기만 해도 기쁘다』

이런, 이런 말을 돌려주고 있었다니.

당장 Twitter에 태그를 달아 소문을 낼까 생각도 해봤지만… 솔직히 말하자면 조금만 더 나 혼자만 음미하고 싶었다.

지금 이 순간 디저로즈의 말을 이해할 수 있는 건 이 세상에 나 혼자뿐이잖아.

너무나 기쁘고 영광스럽고 몸부림을 칠 만큼 기쁘다.

하지만 오랫동안 같이 오타쿠 활동을 해온 카타쿠라한테는 가르쳐주기로 했다.

신할라어 일람 사이트와 논쨩에게 받은 편지를 사진으로 찍어 회전만 시키면 읽을 수 있는 글자라고 LINE으로 알려주자 몇 분 만에 전화가 걸려 왔다. 그 목소리는 동요로 떨리고 있었다.

"너… 이거… 잠깐만, 뭐야… 나… 지금 알바 중인데… 이거 진짜냐…."

"글을 읽을 수 있어."

카타쿠라는 디저로즈가 우주인 아이돌이 되기 전부터 응원해주고 있는 고참이다.

그리고 카타쿠라는 톱 오타쿠다. 팬들 중에서 톱에 군림하는 오타쿠를 그렇게 부르는데 우리는 맞서 싸우는 군대로서 디저로즈를 응원하고 있기 때문에 카타쿠라는 최고지휘관이라 불리고 있다.

디저로즈에게 모든 것을 바쳐 직장을 그만두고 지금은 알바를 5개 정도 뛰고 있다.

나는 회사원이라 평일 라이브는 못 가는 경우도 많다.

카타쿠라는 모든 라이브와 라이브 후에 있는 지구연결군 전략회의라는 이름의 반성 모임도 매번 전담하고 있다.

카타쿠라 없이 디저로즈는 없다… 는 말까지 나올 정도인 최고지휘관이기 때문에 역시 그에게 알리지 않을 수는 없었다.

카타쿠라는 핸드폰 너머에서 시원스레 말했다.

"좋아, 집에 가야지."

"진심으로 하는 소리야?"

"이걸 어떻게 참냐."

카타쿠라는 결국 '가슴이 답답하다'는, 표현상 틀리진 않았지만 90퍼센트는 꾀병을 이유로 알바를 빠져나와 집으로 귀가, 내 지시대로 신할라어 일람을 보면서 편지를 해독했다.

핸드폰 너머의 카타쿠라는 계속 울고 있었다.

그렇다, 나처럼 나잇값도 못하고 말이다.

그러면서도 동시에 기뻐서 우리는 서로가 받은 편지를 번역하며 즐겼다.

"그럼 탄생제 앨범에 문자를 넣어야지. 잘 부탁해."

"알았어. 그것만은 꼭 기한에 맞출게."

벌써 아침 해가 떠오르고 있었지만 나와 카타쿠라는 씩씩하게 통화를 마쳤다.

오늘은 토요일. 이대로 외출해 문구점에 갔다가 라이브에 가자. 나는 잠도 안 잤는데 전혀 졸리지 않은 얼굴을 찬물로 씻으며 기합을 넣었다.

"우와, 양이 엄청나네요. 이토야 봉투… 문구점이에요?"

라이브와 전략회의를 마치고 집으로 돌아오니 심야였다.

아이자와 씨는 맥주와 카키노타네(주7)를 들고 작업실로 돌아가던 참이었다.

"탄생제 앨범 제작용 소재예요. 아무래도 1년에 한 번인 행사라…."

그렇게 말하자 아이자와 씨는 눈을 빛내며,

"최애의 생일에 앨범을 직접 만들어서 선물하게요? 재미있겠다."

라고 말해줘서, 작년에 만든 걸 찍은 사진을 보여줬더니 말을 잃었다.

디저로즈는 4명인데, 각각 탄생제… 즉 생일날 라이브를 한다.

그리고 매년 우리 팬들이 앨범을 선물하는 식이다.

정확하게는 앨범이란 명칭이 아니라 지구연결군 전쟁증언기록집이라는 이름이다.

1년차에는 전쟁기록집이니까… 라며 우리는 위장무늬의 굉장히 '그럴싸한 것'을 준비했는데 솔직히 논짱의 반응이 영 별로였다.

하긴, 요즘 세상에 십 대 소녀가 생일에 그런 걸 받으면 슬프지… 않

주7) 카키노타네: 감씨처럼 길쭉하게 생긴 쌀과자.

겠는가.

카타쿠라의 제안으로 2년차부터는 데코레이션 기술을 풀 활용해 귀엽게 꾸몄더니 무척 기뻐해 주었다.

전쟁증언기록집이 반짝거리고 리본과 실과 꽃으로 장식되어 있는 게 뭐가 문제냐!

매년 누군가가 공들여 만들고 있는데 조형이 해마다 엄청나다.

다음 주가 내 최애인 논짱의 탄생제인데, 그 앨범은 늘 3개월 전부터 제작하고 있었다.

"이거 장미예요?"

아이자와 씨는 작년의 사진을 보며 말했다.

그리고 흥미가 동하는 걸 참을 수 없는지 나를 거실로 불러 맥주를 건네었다.

우리는 어쩌다 보니 토요일 심야에 술을 마시게 되었다.

"그렇죠. 일곱 가지의 빨간색 계통의 마스킹 테이프로 만든 장미예요. 논짱은 장미를 좋아하거든요."

"마스킹 테이프로 장미를? 이 리본은 진짜 같은데요?"

"이건 크리스마스에 열리는 라이브에서 나눠준 한정 리본을 써서 만든 모티브예요. 커다란 리본처럼 보이지만 옆에서 보면 입체죠."

"우와아—?! 이거 어떻게 만들어요? 어, 여러 종류의 하트를 잘라서 거기에다 사진을 넣은 건가요, 이거?"

"기록집으로 기능하도록 시계열대로 배열했어요. 그리고 안에는 세 트리스트가… 입체로 펼쳐지죠."

"맙소사!"

아이자와 씨는 소리쳤다.

여기가 작년 논짱이 제일 기뻐한 부분이다.

페이지를 펼치면 그림책처럼 세트리스트를 적은 종이가 튀어나온다.

이건 그림책을 기초로 해 오타쿠 몇 명이 모여 필사적으로 만든 것이다. 올해도 이에 필적할 만한 아이디어를 나는 이미 생각하고 있었다.

"올해는 이렇게… 종이를 당기면…."

나는 관심을 보이는 아이자와 씨를 상대로 이야기하는 게 즐거워져서 아직 만들고 있는 앨범을 1층으로 갖고 왔다.

그리고 아이디어 부분을 보여줬다.

누워 있는 종이 부분에 손잡이 같은 게 달려 있는데 그걸 당기면 종이가 파닥파닥 움직인다.

"이건 이 여자애가 춤을 추는 것처럼 보이네요."

"맞아요. 앞과 뒤에 손을 들고 있는 사진과 내리고 있는 사진 2장으로 이뤄져 있거든요."

"이거 타키모토 씨가 만들었어요?!"

"그렇죠. 제작에 들어간 지 2달쯤 됐는데."

"어, 진짜, 저기… 너무 대단한데요…."

아이자와 씨는 종이 장치와 표지의 꽃을 보고 흥분했다.

나는 계속 설명을 이어나갔다.

"하지만 올해는 디저로즈용 문자를 쓸 수가 있어요."

그렇다. 늘 일본어로 메시지를 적었는데 5년차에 들어서야 '디저로즈의 언어로 앨범을 만들 수 있게 됐다.'

"아아, 그랬죠. 잘됐네요… 그런데… 솔직히 난 이 앨범 퀄리티가 어마어마해서… 어…?"

나도 뭔가 만들고 싶다! 고 신나서 눈을 빛내주는 모습에 오늘 전략 회의에서 모아온 메시지 카드 옆에 달 간단한 꽃을 마스킹 테이프로 만들어달라고 부탁했다.

"손에, 달라붙는, 데요?"

아이자와 씨 앞에는 꾸깃꾸깃해진 마스킹 테이프가 완성되어 있었다.

"처음부터 잘하긴 힘들죠."

라고 내가 말하자,

"좋아, 한 번 더."

라며 다시 만들기 시작했다.

토요일 밤, 맥주를 마시며 아이자와 씨와 함께 최애의 앨범을 만들다니… 솔직히 너무나 즐거운 일이었다.

아이자와 씨는 '재밌다'고 생각하는 것에 대한 기준이 참 낮다는 사실에 매번 놀라게 된다.

"어때요!"

"아까보단 훨씬 좋은데요."

"와~ 이거 너무 재미있는데요. 내 최애는 직접 그려야 하는데 아이돌은 사진이 많아서 좋네요~!"

"차원을 뛰어넘는 고통이군요."

"맞아요!"

오타쿠의 세계는 넓어 같은 탁자를 끼고 앉아 있어도 보이는 게 다르다. 그렇기 때문에 아이자와 씨의 깨달음이 내게 새로운 세계를 불러오고, 내 즐거움이 아이자와 씨의 즐거움이 된다.

맥주가 땀을 흘리는 심야.

우리는 말없이, 하지만 정말로 즐겁게 밤을 보내고 있었다.

■ 제13화 혼인신고일에

전화가 울리고 있어….

나는 졸린 눈을 억지로 뜨고 충전기에 꽂아 던져둔 핸드폰을 찾았다.

"네."

"삿짱. 아직 자니? 일요일이라고 이 시간까지 자면 생활 사이클 망가진다. 타키모토 씨한테 아침밥은 차려줬어?"

핸드폰에서 흘러나오는 목소리를 듣고 나는 머리를 베개에 찧었다.

으햐아, 엄마다―.

가만히 생각해 보니 일요일 아침에 전화를 걸 사람은 엄마밖에 없다.

받지 말걸! 후회해도 늦었다. 시간이 흘러가길 기다리는 수밖에 없었다. 괜히 이상한 소리를 하면 설교가 계속 길어진다.

엄마는 기관총처럼 말을 뱉어냈다.

"결혼 전제라면 삿짱이 타키모토 씨를 잘 챙겨야지, 그러다 버림받아요. 28살 먹은 여자는 누가 쳐다보지도 않는다고. 그전에 너 밥은 할 줄 아니? 여기 있을 땐 아무것도 안 했었잖아. 그런 상태로 남의 집 부인이 되다니, 타키모토 씨한테 면목이 없네. 내 교육이 잘못됐구나…."

엄마에게 안 들리게 한숨을 쉬었다.

이게 무서운 건 '엄마의 말이 아니다'라는 점이다.

90퍼센트는 오빠의 세뇌를 통해 나오는 소리다.

『사츠키는 요리는 할 줄 아나, 걔는 그런 거 못 하지』 같은 소릴 오빠가 떠들고 엄마가 『그러게나 말이야, 말해둬야겠네』…이런 흐름이 되는 거다.

엄마가 하는 말을 부정한다―사랑하는 오빠를 부정한다=감정 발화.

가만히 듣는 게 정답이다.

"저번에 50살 정도 되는 남자가 20대 아이돌하고 결혼했잖니? 남자는 다~ 젊은 여자를 좋아한다고 코우키가 그러더라."

그건 오빠가 그러니까 그런 거겠지~!!!

기분 나빠서 현기증이 난다.

그 인간이 이러니까 그 사람도 그럴 거야… 나는 이런 사고방식이 제일 싫다.

그래도 마침 잘됐다. 오늘 나도 엄마한테 전화하려고 했는데… 라고 입을 열었지만 엄마는 내게 시간을 주지 않는다.

"도망 못 가게 확실히 잡아. 아, 코우키. 오늘 예약 말인데….”

전화는 갑자기 끊어졌다.

말하려던 나는 입을 벌린 채 방황하고 말았다.

뭐야… 아침부터 진짜… 도대체 뭐냐.

사실 오늘은 혼인신고를 하는 날로, 타키모토 씨 부모님이 보증인이 되어주기로 했다.

그래서 신고 끝내고서 전화하겠다고 하려고 했는데.

"역시 사는 별이 달라."

나는 핸드폰을 내던지고 침대에 누웠다.

타키모토 씨 어머님과는 LINE을 교환했는데 오늘 약속을 했을 때도 '기대하고 있어요'라며 에리카와 셋이 찍은 동영상을 첨부해주었다.

아아, 나도 타키모토 씨 행성에 살고 싶다.

아이자와 행성은 정말 위험해. 중력이 미쳤어.

나는 회사용 복장으로 갈아입었다. 옷을 살까도 생각해봤지만, 다시는 입지 않을 거라 관뒀다.

타키모토 씨도 회사용 정장을 입고 2층에서 내려왔다. 그렇죠, 제일 무난하긴 하죠.

오늘은 가방이 작아서 운동화를 넣을 공간이 없기 때문에 처음부터 힐을 신고 집을 나섰다.

역시 신발 안에서 발이 미끄러진다. 이 언덕은 정말 위험해! 힘겹게 걷고 있는데 타키모토 씨가 "저어…" 하고 작은 목소리로 말을 걸어왔다.

"아이자와 씨의 부모님을 만나지 않은 상태로 결혼해도 괜찮을까요."
라고 걱정스럽게 말했다.

나는 한숨으로 감정을 달랜 뒤,
"글쎄요. 오늘 혼인신고서 제출하고 나면 연락할까요."
라고 말했다. 내 얼굴을 보고 타키모토 씨는,
"…그렇게 전력으로 미간을 찌푸리는 아이자와 씨는 처음 봤어요."
라며 쓴웃음을 지었다.

어라, 자연스러운 표정을 짓고 있는 줄 알았는데. 아침의 전화가 너무 나빴어.

본가를 나온 지 10년, 어른이 된 줄 알았는데 역시 불편한 건 불편하다. 그건 어쩔 수 없는 일이다.

"아이자와 씨."
"어머님, 오랜만에 뵈어요."

어머님 뒤에는 재혼 상대인 타치바나 씨가 있었다. 내가 인사하자 미소로 답해준다. 완전 댄디해… 더블 슈트가 너무나 잘 어울려.

그 뒤에는 에리카가 생글생글 웃으며 손을 흔들고 있었다.

사실 서로 Twitter 팔로잉을 하고 있어서 오늘 일에 미리 이야기를 나눴었다. 정확하겐 에리카가 올 수 있을 만한 이벤트&마감이 없는 날로 잡은 것이다.

식사를 하며 인사를 마치고 보증인란에 기입을 부탁했다.

어머님이 "잘됐다"고 눈물을 글썽이는 모습에 '결혼이라는 스테이터스'를 위해 이 자리에 있는 나는 양심이 조금 찔렸지만, 뭐, winwin이니까 OK!

다음 달엔 어머님과 타치바나 씨도 혼인신고를 한다고 했다. 다행이지 뭐야.

"타키모토 씨와 아이자와 씨는 결혼식 안 해요?!"

에리카는 놀랐지만, 나는 결혼식은 돈 낭비라고 생각한다.

행복해지는 모습을 보여줄 거면 지금 봐줘. 그리고 1년 후, 5년 후를 봐줘.

10년 동안 계속 결혼해서 산다면 축하의 의미로 맛있는 밥이라도 먹는 건 괜찮다고 생각한다.

처음부터 초특대 불꽃을 쏘는 불꽃대회는 흥이 안 난다.

일반적인 의견이 아니란 걸 알기 때문에 굳이 말하지는 않지만.

"남들 앞에 나서는 걸 별로 좋아하지 않아서요."

이건 진심이고, 타키모토 씨도 같은 의견이다.

하지만 사진관에서 사진은 찍을 생각이라고 대답했다.

이건 양쪽 부모님에게 보여주기 위한 증명사진 같은 거다. 있어서 나쁠 건 없다.

한 장 정도는 코스프레하고 찍는 건 싫지 않다.

웨딩드레스는 만화의 참고 자료도 되니까!

우리는 가게 앞에서 헤어진 뒤 그대로 시청으로 가 혼인신고서를 제출했다.

조금만 기다리면 주민표도 나온다고 해서 우리는 기다리기로 했다.

회사에 제출해야 하고 면허 변경도 해야 하니까.

수십 분 후, 주민표가 완성되어 받아 들었다.

우리는 나란히 그걸 들여다보았다.

내 이름은 '타키모토 사츠키'로 바뀌어 있었다.

"오오… 바뀌었네요."

"대단한걸요. 진짜 결혼했어요."

우린 그걸 살펴보며 묘하게 납득했다.

그리고 괜스레 서로에게 고개를 숙이며 "잘 부탁합니다"라고 인사를 나누었다.

잘은 모르겠지만 굉장히 우리다운 행동이라 느껴졌다.

"아이자와 씨…… 익숙하지 않으니까 한동안은 이렇게 불러도 될까요?"

타키모토 씨가 조심스럽게 확인을 부탁해서 나는,

"저도 타키모토 씨는 타키모토 씨라고 부를게요."

주 민 표

성명	타카모토 사츠키
개인번호	[생략]
생년월일	○년○월○일

하고 받아들였다.

"그럼 아이자와 씨 부모님께 보고를 하고 싶은데요."

그 말에 큰 한숨이 나왔다. 전화하지 않아도 전서구를 날리면 되지 않을까요… 라는 생각을 진지하게 하게 된다.

LINE으로 연락을… 하고 말하며 타키모토 씨를 슬쩍 쳐다보니 정중하게 고개를 젓는다. 싫어—!

나는 마음을 먹고 전화를 걸었다. 지금은 오후니까 체크인 전의 바쁜 시간이겠지? 안 받아도 돼, 엄마.

"삿짱? 네가 전화를 다 하다니 웬일이니."

하아~ 받았구나~.

"어, 혼인신고를 해서 보고하려고요."

그럼 안녕~ 하고 끊으려고 했지만 눈앞의 타키모토 씨가 자세를 반듯이 갖추고 있어서 바꿔주지 않을 수가 없을 것 같아 마지못해 핸드폰을 넘겼다.

"처음 뵙겠습니다, 타키모토 류타입니다."

"어머나~ 타키모토 씨, 전화 줘서 고마워요! 정말 못나고 한심하고 아무것도 못 하는 딸이라 데려가주는 것만으로도 고맙다니까요. 정말 쓸모없다~ 싶으면 나한테 말해줘요. 다시 가르칠게요. 정말 누구 부인이 될 만한 그릇이 아닌 애인데. 사츠키는 옛날부터 정말 아무것도 할 줄 아는 게 없었거든요, 한심하게도!"

하아아아~ 시작됐구나~ 그리고 목소리가 너무 커서 다 들리거든요~.

엄마는 옛날부터 이랬다. 다른 사람에게 날 소개할 때는 철저하게 깎아내린다. 그게 겸손이라면 그나마 낫겠지만, 90퍼센트는 진심이다.

잘난 오빠와 못난 딸… 난 늘 비교당하며 살아왔다. 오빠가 받아오는

98점짜리 시험지는 칭찬받지만, 내가 같은 점수를 받아가면 쓸데없는 짓 하지 말라고 혼난다. 모든 기억이 괴로워서 마음 한가운데가 쿵… 하고 무거워지는 게 느껴졌다.

타키모토 씨는 조용히 듣고 있었다.

"어릴 때부터 아무것도 할 줄 모르는 데다 늘 코우키보다 못나가고요, 나도 이것저것 시켜보긴 했는데 말이죠. 하여간 도쿄로 훌쩍 도망가서 뭘 하고 사는지도 알 수가 없다니까. 정말 민폐만 끼치는 애야."

"저어."

타키모토 씨가 소리 내어 엄마의 말을 잘랐다.

아, 먼저 말해둘걸. 엄마 말을 자르면 백 배가 되어 돌아온단 말이에요…!

타키모토 씨는,

"다른 사람하고 착각하고 계신 거 아닙니까…?"

라고 말했다.

푸핫! 나는 그만 옆에서 뿜고 말았다.

"네?! 무슨 소리예요, 아이자와 사츠키 얘기를 하고 있는 거잖아요!!"

엄마의 터보 엔진이 작렬한다.

타키모토 씨는 조용한 목소리로,

"죄송합니다. 제가 아는 아이자와 씨와 다른 분 이야기를 듣고 있는 것 같아서 확인차 여쭤보았습니다."

라고 말했다.

엄마는 "그럼 됐어요!!"라며 전화를 거칠게 끊어버렸다.

"아, 타키모토 씨. 틀렸을 리가 없잖아요. 저 사람이 저희 엄마예요."

나는 너무 웃겨서 눈가를 훔치며 말했다.

타키모토 씨는 핸드폰 화면을 손수건으로 닦고 내게 돌려주면서,

"알고 있습니다. 참지 못해서 말해버렸네요. 어머님이 기분 상하셨을지도 모르겠습니다. 하지만 들어서 기분 좋은 이야기는 아니어서요."

라며 미소 지었다.

뭐야? 알면서 말한 거야?

엄마는 전화 너머에서 불타고 있겠지만 왠지 후련해졌다.

여기에 있는 사람이 여기에 있던 나를 평가해주었다.

나는 손을 내밀었다. 그리고,

"고마워요. 후련하네요."

라고 말했다. 타키모토 씨는 손수건으로 가볍게 손을 닦고서,

"앞으로 잘 부탁드립니다."

라며 악수로 답했다.

따뜻하고 커다란 손.

안심이 되어 오늘은 조금 좋은 지역 맥주를 사서 가야겠다고 다짐했다.

그리고 만약 내가 깨어 있는 동안에 타키모토 씨가 라이브에서 돌아오면 같이 마셔야지.

그렇게 생각했다.

■ 제14화 밤은 길어

"타키모토 씨, 여기 앉아요. 여기가 왕의 자리예요."

"고맙습니다…?"

이 집의 1층은 한가운데에 복도가 있고 왼쪽에 부엌이 있다. 여긴 이미 여러 번 들렀고 가끔 맥주를 얻어 마신 적도 있다.

오른쪽은 첫날 살짝 보여준 게 다였고, 안까지 들어가본 적은 없다.

하지만 오늘 처음으로 오른쪽에 자리한 거실로 들어서게 되었다.

거실에는 상당히 큰 TV와 음향 시스템이 갖춰져 있었고, 벽 쪽에 1.5인용 소파가 놓여 있었다.

1.5인용 소파란 존재하지 않을지도 모르지만 혼자 앉기엔 너무 크고 둘이 앉기엔 작았다.

그런 절묘하게 편히 쉴 수 있는 소파 옆에는 높이를 맞춘 널찍한 테이블과 멋진 조명이 있었다.

테이블 아래엔 미니 냉장고까지 갖춰져 있다.

바로 옆이 부엌인데! 너무나 쾌적한 환경이었다.

소파 앞에는 낮은 테이블이 놓여 있었는데, 거기엔 소금, 캐러멜 2종류 맛의 팝콘(신문지로 만든 종이 바구니에 가득).

톤가리콘(주8), 톳포(주9), 거기에 왠지 모를 히야얏코(주10)(김치와 참기름을 곁들인), 산더미처럼 쌓인 닭튀김(모두 이쑤시개가 꽂혀 있다) 같은 호화로운 안주가 깔려 있었다.

"쿠로이 씨, 라타투이 어디 있어요?"

오늘은 모든 걸 알고 있는 와라비 씨도 와 있다. 쿠로이 씨란 말에 누굴 부르는 거지… 라고 생각했는데 아이자와 씨다. 두 사람은 본명이

주8) 톤가리콘: 롯데에서 나온 고깔 모양의 과자. 우리나라의 고깔콘과 같다.
주9) 톳포: Toppo. 롯데에서 나온 초콜릿이 안에 들어가 있는 스틱형 과자.
주10) 히야얏코: 차가운 두부 위에 고명과 간장 등의 양념을 뿌려 먹는 음식.

아닌 오타쿠 활동할 때 사용하는 이름으로 여전히 서로를 부르는 것 같았다.

"라타투이는 그 보온 그릇 안에 넣어놨는데."

"신이신가요!!"

와라비 씨는 "정말 결혼했어요? 축하해요~"라고 웃으며 됫병 술을 안고서 택시를 타고 집을 찾아왔다.

하지만 오늘은 축하 자리가 아니다.

내 앞쪽 바닥에 앉은 아이자와 씨 뒤에서 푸식 하고 높은 소리가 났다.

"크으! 오타쿠로 살면서 뭐가 제일 재미있냐면 소질이 있는 사람이 늪에 빠질 가능성을 느끼게 되는 순간이지."

"쿠로이 씨, 벌써 땄어요?! 접시 줘요, 접시!"

와라비 씨가 외치는 소리에 나는 소파에서 일어나 부엌으로 가서 라타투이를 먹기에 적당해 보이는 접시와 스푼을 가져왔다.

"타키모토 씨, 고마워요! 그리고 결혼 축하합니다~. 오늘 이렇게 멋진 모임에 불러주셔서 영광이에요~."

"잘 봐주십시오."

"완전 기대했었거든요. 외출할 거라고 했더니 라타투이를 떠넘기더라고요~. 우리 밭은 지금 가지가 위험할 정도로 풍년이거든요!"

아이자와 씨 말에 따르면 와라비 씨는 '근처에 사는 부잣집 아가씨'로, 항상 택시를 타고 다니고, 일할 필요가 없어서 동인지를 양산하는 분이라고 한다.

오타쿠 업계엔 다양한 사람이 있구나.

나와 와라비 씨는 접시를 나르며 거실로 돌아갔다.

테이블에는 내가 사 온 초밥도 놓여 있었다.

파티라면 사오는 게 좋지 않을까… 싶어서 영업부에서 이용하는 초밥집에서 마스즈시(주11)를 사 왔다.

그걸 들고 라이브에 간 건 처음이었지만, 시원한 사무소에 놔뒀으니 괜찮을 거다.

"건배해요, 건배."

아이자와 씨는 미니 냉장고를 열고 내게 맥주를 건네주었다. 그건 차갑게 식어 있어서 푸식 소리와 함께 열어서 마시자 7월의 찌는 듯한 더위가 싹 날아갈 만큼 맛있었다.

"아침에 손질해서 아까 튀겼거든요. 자신 있으니까 먹어봐요."

아이자와 씨가 이쑤시개에 꽂은 닭튀김을 내게 건네주었다. 한 입 깨무니 마늘과 간장 맛이 진해서 맥주와 정말 잘 어울렸다.

"맛있네요."

"닭튀김 하나는 자신 있거든요!"

아이자와 씨는 기분 좋게 웃었다.

가만히 생각해 보면 나가시소멘 이후로 아이자와 씨가 만든 요리를 먹어본 건 이게 처음인 것 같다.

너무나 영광스럽고 기뻤다. 나는 닭튀김을 음미했다.

"시작합니다—!"

화면에는 영화 타이틀이 뜨고 있었다.

이 모임이 정해진 건 지난주 금요일 밤이었다.

심야, 나는 현관에 놔둔 피겨를 보았다.

그것은 얼굴이 반은 메카인 남성과 몸의 80퍼센트가 메카인 젊은 남

주11) 마스즈시: 누름초밥의 일종으로 초밥에 손질한 송어를 올리고 대나무 잎으로 싼 음식. 대개 케이크처럼 동그란 모양이다.

성 피겨였다. 낯익은 모습이지만 이름은 기억나지 않았다.

"이게 뭐였죠"

지나가던 아이자와 씨에게 물어보니,

"닥터 에이트와 텐달러 피겨 말이군요. 제가 좋아하는 거예요."

라고 했다. 그건 히어로들이 많이 나와서 우주인과 싸우는 SF영화에 출연한 캐릭터로 유명하기 때문에 생김새는 알고 있었다.

"오랜만에 보네요. 옛날에 애니로 있었죠. 닥터 에이트. 저녁에 TV 에서 본 기억이 있는데 최근엔 실사 영화군요."

라고 했더니 눈앞에 있던 아이자와 씨의 눈이 크게 벌어졌다.

"애니는 보고… 실사판 영화는 안 봤다… 는 말인가요?"

"네, 맞아요. 애니 자체도 어릴 때 본 게 다고요."

역시 디저로즈 팬 활동을 하다 보면 시간은 모두 거기에 쏟게 되기 때문에 다른 것을 할 시간이 없어진다.

아이자와 씨는 손에 들고 있던 맥주를 신발장 위에 턱 하니 내려놓고 서,

"애니판 닥터 에이트, 타키모토 씨는 재미있었나요?"

라고 내 눈을 똑바로 보며 물었다.

뭐지, 회사에서 보는 아이자와 씨보다 표정이 더 진지한데.

나는 오랜 기억을 더듬었다.

"…글쎄요, 싫은 인상은 없었네요."

나는 솔직하게 대답했다.

내용이 거의 기억 안 난다는 게 진심이지만.

아이자와 씨의 눈이 마치 고양이처럼 번쩍 빛났다.

"타키모토 씨, 이번 주 금요일에 밤 24시까진 집에 올 수 있나요?"

"네?!"

갑작스러운 말에 놀랐다.

금요일은 디저로즈 라이브가 있는데 반성 모임까지 포함해 23시가 넘어야 끝이 난다. 그래서 막차를 타고 돌아올 생각이었다.

올 수 있을 것 같긴 한데… 라고 말했더니 아이자와 씨는 바람처럼 내 앞에서 사라졌다.

그리고 방에서 전화를 걸며 돌아왔다.

"와라비, 타키모토 씨가 닥터 에이트 애니 괜찮게 봤는데 MTU의 실사판을 못 봤대. 하자! 금요일 24시 막차 집합이야!"

이 몇 분 사이에 금요일 심야에 무슨 모임이 개최되는 게 결정된 것 같다.

결정한 다음에 아… 하고 아이자와 씨는 내 얼굴을 보고서,

"토요일 아침부터 라이브가 있었나요?"

라고 물었다.

오타쿠 활동에 대한 이해심이 참 높은 분이라니까.

그런데 밤새우는 걸 전제인 게 무척 기대됐다.

"토요일엔 오후에 라이브를 앞둔 회의가 있어서 참석할 거니까 그전까진 괜찮아요."

"신난다! 그럼 금요일 24시… 아, 오면 샤워부터 하고 싶겠죠? 24시 반부터 시작해요!"

아이자와 씨는 그렇게 정한 뒤 맥주와 과자와 닭고기도 택배시켜야겠다… 고 말하며 잠깐 내 앞에서 사라지더니 다시 바람처럼 돌아와서.

"알레르기나 싫어하는 음식 있어요?"

라고 물었다.

그러니까 어떻게 그렇게 재미있는 방향으로 배려를 할 수 있는 걸까.

"없어요. 뭐든 잘 먹습니다."

"그거 정말 좋은 일이네요!"

하고 생긋 웃으며 다시 자기 방으로 사라졌다.

그리고 1주일 후인 오늘, 닥터 에이트의 상영회가 시작되었다.

아이자와 씨는 닥터 에이트를 제일 좋아하는지 1은 필수라며 설명해 주었다.

"애니판에선 에이트는 그냥 의사지만 실사는 사장이란 설정도 추가 됐거든요. 그게 후반에 가서 완전 기가 막히게 잘 살려줘요!"

그렇게 눈을 빛내며 설명해주었다.

닥터 에이트는 처음엔 평범한 사람이다. 하지만 지구를 침략하려는 우주인과 교섭하기 위해 행성으로 떠난다. 그곳에서 체포되어 버려 머리에 머신이 삽입되고 만다. 목숨만 부지한 채 겨우 도망쳐 나온 닥터 에이트… 하지만 반은 머신이 되어버린 닥터 에이트는 지구에서 박해를 받게 된다.

한편 같이 잡혔던 조수는 지구로 돌아가기 위해서 행성에 있던 머신에 '양심 칩'을 심는다. 그 결과 사람을 죽일 수 없게 된 머신… 그건 적대 세력인 텐달러다. 그 두 사람이 싸우고 마음을 찾아가는… 것이 기본 스토리였다.

아이자와 씨는 계속해서 설명해 나갔다.

"내가 이걸 본 건 고향에선 제일 큰 영화관이었는데 하루에 한 번밖에 안 트는 데다 사람도 적어서 참 쓸쓸했거든요…."

그렇게 말하며 맥주를 들이켠다.

"난 고등학생이었나. 어쩌면 중학생이었을지도 모르고."

"와라비는 젊어, 와라비는 귀여워."

내 앞에 앉아 있는 두 사람은 즐겁게 맥주를 마시며 영화를 보고 있었다.

이런 모임의 기본 설정인 듯, 음성은 일본어에 일본어 자막까지 틀어져 있었다.

그러니까 다른 이야기를 나눠도 내용을 빼먹을 일은 없는 것이다.

나는 두 사람이 말하는 목소리를 무심히 들으며 영화 자막으로 내용을 쫓았다.

좌절에서 일어나 자신의 신념을 관철해 나가는 히어로는 멋있긴 하다.

두 사람은 "아아, 에이트가 너무 젊어!!" 라느니 "피붓결이 달라!" 하며 영화를 향해 절을 올려댔다.

두 사람의 움직임이 완전히 싱크로 상태다.

영화와 세트로 하나의 엔터테인먼트 같았다.

"아— 들었어요? 1인칭이 보쿠(주12)예요, 보쿠. 하아아~ 귀여워~."

"천재가 이렇게 고생하면서 만들기 시작하는 장면이 좋지 않나요!"

그리고 영화 중반, 어느 타이밍이 되자 두 사람 모두 들고 있던 맥주를 내려놓고 무릎을 꿇고 앉았다.

뭐지… 싶은 마음에 나도 등을 곧게 펴는데,

"내 중심에 흐르는 것… 이게 '마음'인가?"

하고 동시에 중얼거린다. 아이자와 씨는 나를 휙 돌아보고서,

"이거 엄청 중요해서 이 다음에 20편 정도 보고 난 다음에 확 하고 느낌이 오거든요!!"

라며 눈을 빛냈다.

20편. 갈 길이 멀구나 싶었지만 두 사람이 즐거워 보이기에 이런 시간이 길게 이어지는 것도 나쁘지 않다고 생각했다.

그 후에 4편의 영화를 보고 완전히 전철이 다니기 시작한 아침 8시

주12) 보쿠: 일본어에서 남자가 쓰는 1인칭 중 하나로 주로 어린 소년 또는 자신을 낮출 때 사용한다.

에 와라비 씨는,

"낮에 볼일이 있어서 일단 집에 가볼게요! 이다음이 진짜 메인이에요~! 다음 주에 봐요!"

라며 택시를 불러 돌아갔다.

"어땠어요, 타키모토 씨!"

밤을 새웠는데도 아이자와 씨의 눈은 반짝반짝 빛나고 있었는데 솔직히 그 모습이 너무나 귀여웠다.

"아주 즐거웠어요. 이야기 연결 방식이 절묘하네요."

라고 대답하자,

"그렇죠—! 기쁘네요. 그냥 피곤하게 만든 거면 어떡하나 걱정했는데."

라며 아이자와 씨는 미소 지었다.

물론 피곤하지만 집이니까 바로 자면 그만이다.

이게 우리가 함께 맞이한, 로맨틱이라곤 한 조각도 없지만 같이 맞이한 최고의 아침이었다.

참고로 이다음에 아이자와 씨는 바로 현관 초인종으로 가서 전원을 껐다.

그리고 우리는 늦은 오후까지 푹 잤다.

정말 최고다.

■제15화 비와 박스 테이프

일요일 늦은 오후, 타키모토 씨가 2층에서 거대한 짐을 들고 내려왔다.

"아이자와 씨, 뒷마당 좀 써도 될까요?"

"좀 지저분할지도 모르지만 편하게 쓰세요."

"그건 괜찮아요. 그럼 좀 쓸게요."

타키모토 씨는 짐을 들고 밖으로 나갔다.

우리는 뒷마당이 넓다.

넓다기보다는 작은 산의 경사면 전체가 마당이다.

이게 아줌마가 이 집에서 도망친 최대의 원인인데, 여기도 관리가 필요하다.

먼저 잡초. 일주일 만에 무섭게 자라기 때문에 자주 베어줘야 한다.

귀찮아서 제초제를 좍좍 뿌리는데 그래도 돋아난다.

잡초가 뭐가 문제냐면 씨를 뿌려서 성실하게 제초하는 밭이 잡초로 가득하게 된다는 것이다. 그리고 자라난 잡초 사이에 누가 숨어 있을지도 모르기 때문에 위험하다.

타키모토 씨가 뭘 하는지 궁금한 데다 무엇보다 최근에 잡초를 베지 않았기 때문에 나도 긴소매 옷에 긴바지를 입고 뒷마당으로 나가보았다.

7월의 뒷마당은 잡초가 곳곳에 자라나 있어서 나는 낫을 한 손에 들고 베면서 걸었다.

그 앞쪽, 조금 탁 트인 곳에 타키모토 씨가 있었는데, 그 모습에 나는 깜짝 놀라고 말았다.

"우와, 대단하다!!"

"아아 죄송해요. 이렇게 큰 공간을 빌려도 되나요?"

"그거야 아무 상관 없는데…?"

타키모토 씨는 망치로 못처럼 생긴 걸 바닥에 통통 박으며 커다란 텐트를 치고 있었다.

왜 마당에 텐트를. 그리고 어른 여섯 명은 족히 누울 법한 크기다.

나는 집에서 만화를 그리는 걸 제일 좋아하기 때문에 아웃도어엔 전혀 관심이 없어서 텐트를 치는 사람을 이렇게 가까이에서 본 건 처음이었다. 타키모토 씨가 멍하니 구경하고 있는 내 앞에서 혼자 능숙하게 텐트를 세웠다.

"오오, 입체물이다!"

"괜찮을 것 같네요."

"우와아! 안에 들어가봐도 돼요? 들어가봐도 되나요?"

나는 완성된 텐트에 들어가고 싶어서 동동거렸다.

마지막으로 텐트에 들어간 건 초등학생 때였나.

공간이 넓어서 재밌겠는데! 타키모토 씨는 작업을 계속하며 나를 보고 말했다.

"들어가세요. 전 타프도 칠 거라서요."

"그게 뭔지 몰라서 죄송하지만 먼저 들어가볼게요!"

나는 텐트 주위를 빙 돌아 입구를 찾았다.

그물문 같은 곳이 있어서 그 앞에서 신발을 벗으려는데,

"거긴 집으로 치면 토방이에요. 그 안쪽까지 들어갈 수 있어요."

라고 가르쳐주었다.

"토방이요?! 텐트에 토방이 있어요?!"

"최신식은 있죠. 그 앞에서 신발을 벗으시면 돼요."

시키는 대로 그물문 앞으로 가자 지퍼가 달린 문 같은 게 있었다.

여기가 정식 입구인가 보다.

서둘러 신발을 벗고 안으로 들어가 보니 굉장히 넓었다.

내가 아는 텐트는 세 명이 들어가면 꽉 차는 건데. 하지만 이렇게 넓다면 어른 6, 7명은 족히 누울 수 있을 것 같았다.

제일 위에 작은 창이 나 있어서 밖을 볼 수 있고, 무엇보다 천장이 높았다.

"우와아一! 좋다一!"

저절로 안에서 데굴데굴 구르게 된다.

타키모토 씨가 텐트 밖에서 말을 걸었다.

"다행이네요. 오늘 밤 내내 쳐놔도 되나요?"

"당연히 돼죠!"

다시 밖으로 나오자 텐트 지붕이 연장된 것처럼 넓게 펼쳐져 있었다.

그 길이는 5미터는 넘어 보였다. 텐트 하나가 더 들어갈 만한 넓이였다.

텐트에 연결되는 거대한 공간….

"아! 여기에 테이블이랑 의자 놓고 밥을 먹는 거군요."

명탐정처럼 말했더니 끈을 당겨 조정하면서 타키모토 씨가 말했다.

"여기에 차를 주차할 거예요. 그리고 뒤를 열고요. 그러면 차와 연결된 공간이 되거든요. 몇 명은 차에서 잘 수 있죠. 차는 배터리도 있어서 냉장고도 둘 수 있거든요."

"야외인데 차갑게 식은 맥주를 마실 수 있어요?! 요즘 텐트는 엄청나네요. 타키모토 씨, 캠핑이 취미였어요?!"

아이돌을 좋아하는데 캠핑 굿즈에 대해 잘 안다니 상상이 되지 않았다. 나는 솔직히 벌레(특히 벌)를 싫어해서 굳이 밖에서 생활하겠단 생각은 안 드는데.

하지만 이렇게 고기능성이라면 밖이라기보단 집을 그대로 밖으로 가져간 것 같을 테니 생각보단 재미있을지도 모르겠다.

타키모토 씨가 천이 처진 부분을 고치면서 말했다.

"여름에 매년 아이돌 페스타에 가서 거기에서 쓰거든요. 유명한 아이돌부터 지하 아이돌까지 모두 모이는 아이돌 업계의 대 이벤트예요."

"그렇구나!"

"디저로즈뿐만 아니라 다른 아이돌 오타쿠도 모이기 때문에 1년에 한 번 있는 동창회 같아서 해마다 기대하고 있죠."

"우리 쪽의 여름 코미케랑 겨울 코미케 같은 건가요?"

"그렇죠. 완전히 야외라는 것 빼고는 비슷할 수 있겠네요."

그래서 이렇게 큰 텐트를 갖고 있구나.

들어보니 타키모토 씨는 텐트 담당이라고 했다. 그 밖에 차 담당도 있고, 냉장고, 식사 담당으로 분담이 되어 있는데 당일에 모두 챙겨서 모이는 식이었다.

아이돌 오타쿠 업계, 사실은 엄청 활동적인 거 아냐?!

부녀자 동인업계에서 캠핑 가자고 하면 단박에 거절당할걸.

타키모토 씨는 햇볕에 말리기 위해 하루는 쳐놔야 한다… 고 고개를 숙여 인사한 뒤 라이브에 가기 위해 집을 나섰다.

뒷마당은 모두 우리 집 소유이기 때문에 뭘 두든 문제 될 건 없었다.

나는 잡초를 베며 배웅했다.

"어, 비가 오나."

그 뒤로 2시간 가량 잡초를 벤 다음 나는 방으로 돌아와 원고 작업을 하고 있었다.

밤 22시가 지날 무렵 툭… 하고 빗소리가 났다.

그러고 보니 내일은 비 예보였는데. 아침에 조금 일찍 일어나야지, 걸어가기 힘들 테니까.

핸드폰의 기상 시간을 당기다가 문득 생각이 났다.

비가 내리면 텐트 안은 어떻게 될까. 비 오는 날에 텐트 안에 있어 본 적이 없는데.

나는 핸드폰을 손전등 삼아 우산을 받쳐 들고 밖으로 나갔다.

축축한 습도에 피부가 바로 끈적해진다.

하지만 비 내리는 밤은 조용해서 싫지 않았다.

"우와아아아, 이거 재미있는데~!"

나는 텐트에 들어가자마자 흥분하고 말았다.

커다란 텐트인 만큼 비에 맞는 범위도 넓었다. 텐트 안은 투투투투투 … 하고 빗소리가 울리는 커다란 터널과 같았다.

"마음이 차분해진다."

나는 밖이 보이는 곳에 오도카니 앉아 멍하니 밖을 바라보았다.

그러고 보니 옛날엔 비를 보는 걸 좋아했는데.

어릴 때 내가 애용하던 편의점 우산에 구멍이 났었다.

엄마는 "핑크색 우산 사줄게" 라고 했지만 나는 편의점에서 파는 투명하고 커다란 우산을 또 사달라고 졸랐다.

편의점 우산을 좋아했던 건 밖이 잘 보이기 때문이었다.

낙엽도 벚꽃잎도 투명한 우산에 달라붙으면 무늬처럼 귀여워서 좋아했다.

그리고 물방울이 우산에 닿는 것도 아름다웠다.

하지만 엄마는 "하여간 애가 귀여운 구석이 없어. 내가 기껏 핑크색

사준다고 했는데 말이야"라며 나를 노려보았다.

결국 구멍 뚫린 부분에 테이프를 붙이고 1년을 더 썼었지. 멍하니 그런 기억을 떠올리고 있는데 멀리서 빛이 다가오는 게 보였다.

"…아이자와 씨, 괜찮아요? 빛이 보여서 와봤는데요."

"미안해요, 비가 올 땐 어떤지 궁금해서요."

발소리와 시간대를 볼 때 다가오는 사람이 타키모토 씨란 걸 알 수 있었다.

타키모토 씨는 우산을 접고 타프라 불리는 지붕만 있는 공간에 들어와 내게 물었다.

"안에 비가 새진 않던가요?"

"괜찮던데요. 튼튼하네요. 아, 아니면 곤란하겠네요."

다 함께 자는 곳인데 구멍이 나면 큰일이니까.

타키모토 씨는,

"구멍이 나면 전용 실로 수선할 수 있어요. 텐트 색에 맞춰서 실이 몇 종류 있거든요."

라며 미소 지었다.

나는 문득 떠오른 생각을 물어보았다.

"구멍이 난 비닐우산에도 그 실을 쓸 수 있나요?"

"그렇죠. 전 몇 번 쓴 적 있거든요. 구멍을 막으면 물방울무늬 같아서 귀여워요."

라고 했다.

그건 마치 구멍이 나서 테이프를 붙인 우산을 쓰고 걸어가던 작은 내게 타키모토 씨가 실을 귀엽게 붙여준 것처럼 상냥한 목소리였다.

물방울무늬 좋네요…. 그렇게 말하며 괜히 마음이 동글동글해진 나는 살짝 안도했다.

나와 타키모토 씨는 빗살이 세지는 소리를 들으며 텐트 안에 있었다.

"아, 아이자와 씨, 저어…."

집에 돌아왔을 때, 타키모토 씨가 내 얼굴을 보고 입가를 가렸다.

왜 그러지? 하고 거울을 보니 이마 한가운데를 모기에게 뜯겨 있었다.

"으악―!"

뒷마당엔 모기가 있기 때문에 오래 있을 때는 모기향을 꼭 챙기는데 7월 초라 방심했다.

벌써 나왔냐!

"좋은 약이 있어요."

타키모토 씨는 2층에서 챙겨온 약을 내 이마에 발라주었다.

어른인데, 내일 회사 가야 하는데 이마 한가운데를 모기에게 뜯기다니 한심해.

하지만 앞머리로 가릴 수 있을 것 같긴 한데.

"…티 나나요?"

내가 앞머리를 손질하며 묻자, 타키모토 씨는 쓴웃음을 지으며,

"글쎄요, 조금은 티가 나는 것 같네요."

라고 했다.

텐트는 즐겁지만 역시 아웃도어는 방심 금물!

하지만 비 오는 날엔 조금은 괜찮을지도 모르겠다는 생각을 했다.

■ 제16화 달콤한 비밀

"안녕하세요."

"타키모토 씨, 안녕하세요. 일찍 나왔네요."

내가 1층으로 내려가자 때마침 일어난 아이자와 씨가 멍한 얼굴로 인사를 해왔다.

아이자와 씨는 파자마라는 개념이 없다.

실내복=파자마=신문 배달 아저씨에게 인사까지 가능한 복장으로, 러프한 모습으로 생활하고 있다.

솔직히 낡은 셔츠와 바지를 입고 멍하니 걸어가는 아이자와 씨는 귀여웠다.

회사용의 딱 부러지는 모습도 멋지지만 그걸 알고 있기 때문에 더욱 멍한 모습이 귀중하게 느껴졌다. 나는 겉옷을 입으며 말했다.

"오늘 정례회의에서 발표를 할 거거든요."

"아— 오늘이 정례회의였나요. 발표 고생해요."

우리 회사는 한 달에 한 번, 사장과 중역들을 모아서 정례회의를 갖는데, 거기서 영업부터 디자인, 개발팀까지 모두 모여 보고회를 한다.

오늘 나는 영업부서의 발표를 담당하는 날로, 준비하기 위해 일찍 출근해야 했다.

"또 사장님의 긴 인사가 있겠네요."

나는 신발을 신으며 말했다.

우리 사장은 모 정치가의 무슨 말을 하는지 잘 알아들을 수 없는 인사와 비슷한 화법을 쓴다.

『최근의 영업 악화로 인해 작년도 수입은 감소되었고, 작년도엔 적자가 됐다」 같은 이야기를 길게 늘어놓는다.

말은 길지만 결국 적자 이야기다.

회의실 모니터에 자료를 띄우고 설명하기 때문에 방이 어둡기도 해서 50퍼센트의 사원은 졸기 마련이다.

하지만 조는 걸 들키면 감봉으로 직결되기 때문에 방심은 금물이다.

아이자와 씨는 크게 하품을 하고서,

"난 사장님 인사하는 동안 최애 망상에 빠지거든요. 최애인 카케루가 뒤에서 '하아, 못 말리겠네' 하는 표정을 지으며 일을 하는 설정인데요. 그러면 안 졸고 깨어 있을 수 있어요."

하고 미소 짓고는 잘 다녀와요— 인사한 뒤 수건을 들고 욕실로 사라졌다.

그러고 보니 아이자와 씨는 닥터 에이트 상영회 때 "난 우리 회사를 닥터 에이트가 갖고 있는 회사… 에이트 박스의 자회사라고 진지하게 생각하고 있거든요. 사실 회사에서 사용하는 ID카드 홀더에는 로고가 들어 있어요"라며 보여주었다. 회사 패스에 가려 잘 알아보긴 힘들지만 정말 적혀 있는 걸 보고 웃었다. 회사 지급품도 검정색이라 눈에 띄진 않을 거다.

아이돌 관련 상품은 모두 귀여운 색이라 이벤트 때가 아니면 쓸 수 없기 때문에 좀 더 시크한 검정색 물건이 있다면 나도 몰래 쓸 수 있을 텐데… 그런 생각이 절로 들었다.

"이거 내 데이터."

"오케이."

회사에 도착하자 키요카와가 벌써 와 있었다. 그리고 자기 담당 부분의 원고를 메일로 보내줬다. 세 곳만 모으면 끝나는데, 한 사람 것은 아무리 말해도 데이터가 끔찍한 몰골이라 그대로 모니터에 띄울 수가 없다.

그래서 수정이 필요하다. 1년 전까지 손으로 썼었으니 그보다는 진화한 거긴 하지만, 파워포인트를 잘 다루는 사람에게 맡겼으면 좋겠다.

컴퓨터를 켜고 작업에 들어가는데 옆자리에 키요키와가 앉아 고급 초콜릿과 마카롱을 내려놓았다.

"결혼 축하해. 인사과 키타무라 씨한테 들었다."

"역시 키요카와는 정보가 빨라."

나는 손을 멈추지 않고 말했다. 지난주에 인사과에 결혼 보고를 했다. 세금 문제상 필요하기 때문에 필수적인 단계였다.

사내에선 우리 말고도 보고하지 않고 결혼한 사람이 많은지 딱히 무슨 말을 듣지는 않았지만 인사과와 내통하고 있는 키요카와는 역시 소식이 빨랐다.

인사과에는 전근 이야기가 제일 먼저 들어온다. 그러니까 인사과의 정보는 영업에겐 생명줄이다.

키요카와는 의사에 턱을 올린 상태로 다가왔다.

"아무한테도 말 안 할게 걱정 말라고. 친구잖아. 축하 정도는 해야지. 그런데 하나만 물어봐도 되나? 키타무라 씨랑 물물교환으로 부탁받았거든. 언제부터 사귄 거야?"

"1년쯤 전부터."

이건 아이자와 씨와 대화한 결과 '물어보면 이렇게 대답하기'로 정해둔 부분이다.

결혼 정보는 언젠가는 퍼지기 마련이다. 그때 '상사가 문제 일으켜서 비밀로 했다'는 건 공공연한 사실이기 때문에 물어보면 비밀로 숨기지 않고 말할 것.

그리고 1년쯤 전부터 사귄 걸로 할까요~ 하고 아이자와 씨는 대충 말했었다.

서로 공통된 친구가 없어 말이 안 맞을 일도 없었다.

키요카와는 의자에 축 늘어져 입을 열었다.

"헤에~ 아이자와 씨라~. 웃으며 말하는 모습 본 적이 없는데 집에서도 그래?"

"그대로야."

나는 텍스트를 입력하며 대답했다.

전혀 그렇지 않지만 집에서의 맨얼굴은 나만 알면 그만이다.

귀여운 아이자와 씨는 나만 아는 최고의 사실이다.

키요카와가 "뭐, 타키모토 네 표정도 비슷하긴 하니 닮았네. 음." 하고 말해서 나는, "다음 달 닛타 상사 파티에 안 갈 거다." 하고 겁줬다. 키요카와는 과장되게 자세를 바로 고치고서,

"아~ 죄송합니다. 냉정침착하다고 수정할게요. 타키모토와 아이자와 씨는 냉정침착 커플입니다. 음, 아무한테도 말 안 할게요. 그럼요."

라며 자리로 돌아갔다.

닛타 상사의 사장은 장기가 취미인데 나도 사실은 장기 실력은 나쁘지 않은 편이다.

파티인데 사장은 나와 나와 계속 장기를 두고 그러는 사이에 상담이 정리되는 게 늘 벌어지는 패턴이다.

그 생각을 하니 슬슬 박보 장기 책을 봐야겠다… 싶어서 나는 스케줄에 그 부분을 넣었다.

회의가 열리고 사장의 인사가 시작되었다.

회사의 제일 큰 회의실에서 열리는 회의는 사원의 70퍼센트가 모이기 때문에 덥다. 그리고 어둡다.

담당자는 앞으로 나와 이야기하는 시스템이라 나도 일단 뒤쪽에 앉아 있긴 하지만 벌써 졸렸다.

게다가 오늘은 푸드코트 주문 태블릿을 제작하는 부서를 신설하는 문제로 합병한 회사의 사장님도 와 계시다.

그리고 두 사람 다 말이 길다. 오늘 오전은 이걸로 끝날 것 같다.

나는 iPad로 오늘의 최종 원고를 확인해 가며 이야기가 끝나길 기다렸다.

무심코 고개를 드는데 원탁 반대편 제일 안쪽에 앉은 아이자와 씨가 보였다.

앞을 똑바로 주시하며 등을 곧게 펴고 앉아 있었다.

그 표정은 집에서 "후암—" 하고 하품하는 얼굴과는 전혀 다른 사람처럼 아름다워서 그 갭을 참을 수가 없었다.

무엇보다 저 목에 걸린 것이 닥터 에이트 굿즈로 지금 아이자와 씨는 사장 비서로 최애가 있는 망상을 하고 있다고 생각하니 자꾸 웃음이 나왔다.

나는 가볍게 헛기침을 한 뒤 iPad로 돌아왔다.

그때 가슴 주머니에서 진동이 느껴졌다. 꺼내서 확인하니 아이자와 씨가 LINE을 보낸 것이었다.

『뭘 몰래 훔쳐보고 그래요?』

들켰네. 내가 입가를 가린 채 눈만 들자, 아이자와 씨가 앞머리를 치워 모기에 물린 부분을 내게 보여주고 있었다.

큭, 아니, 무슨 짓입니까! 나는 입을 굳게 다물고 시선을 돌렸다.

다시 고개를 들자 아이자와 씨가 아무 일도 없었다는 듯이 등을 곧게 펴고 당당히 앉아 있었다.

제발 그만해요, 웃음 터지잖아. 다시 LINE이 왔다.

『발표 잘해요』

고개를 들자 아이자와 씨가 눈만 살짝 웃고 있었다.

아아, 정말 그렇게 귀여운 표정을 회사에서 지을 필욘 없잖아요.

나는 『고맙습니다』하고 재빨리 답장을 보냈다.

평소엔 조금 긴장해서 사장의 질문에 난처해하는 경우도 많지만, 오늘은 놀라울 정도로 말이 술술 나와서 안도했다.

집에 가면 선물받은 초콜릿을 같이 먹어야지.

그러려면 시내에서 맛있는 커피 원두를 사서 가자.

그런 생각을 했다.

■ 제17화 여름밤과 언덕길

"수고했어요."

나는 평소대로 16시 55분에 컴퓨터 전원을 끄고 자리를 정리하기 시작했다.

오늘은 오전의 정례회의가 길어져서 점심은 편의점 주먹밥으로 해결하고 30분을 당겨 업무에 들어간 덕분에 겨우 마칠 수 있었다.

회사는 기본적으로 심심하지만 최근엔 타키모토 씨가 있어서 조금 즐거워졌다.

그래도 정례회의는 특별히 심심하다.

나와 상관없는 부서 이야기를 들어봤자 재미도 없고.

하지만 내 안에서 정례회의=스페셜한 날이니까 노력했다!

오늘은 만화카페에 가서 신간을 읽는 날이다.

우리 집의 서고는 위험 상태다.

권수로 따지면 며칠 전에 3천 권을 넘었다.

하지만 그건 안타깝게도 같은 책을 여러 권 샀기 때문이다.

며칠 전에 확인해 보니 은하제국영웅전설 9권이 세 권이나 나왔다.
표지에 캐릭터가 한 명만 그려진 상태인 경우 '몇 권을 샀더라?'가 되어버리기 때문에 또 사게 된다.

집에 와서 표지를 진열해 보면 같은 캐릭터가 같은 구도로 늘어선다.

왜 사기 전에 몰랐던 거지. 참 이상하다니까.

게다가 갖고 있는데 "신간이다!" 하고 사버리기도 한다. 그러니까 3천 권이지만 실질적으로는 천 권이다.

괜찮아. 아직 내 책장은 버틸 수 있어.

아니, 사실 믿음만으로는 3천 권은 들어가질 않지.

그러니까 최근엔 '꼭 곁에 두고 싶은 만화'와 '만화카페에서 읽는 만화'로 구분하기로 했다.

그리고 한 달에 한 번, 정례회의 날에는 만화카페에 들렀다 가는 게 규칙이다.

이걸 시작한 뒤로 새로운 이야기는 먼저 읽고 나서 사기 때문에 실수가 없어졌다.

멋진 일들이야!

"저기, 이거 하나 주세요."

"오케이. 슈마이는 어때? 서비스로 줄게!"

"그럼 4개 세트로 하나 주세요."

"좋지!"

만화카페에 갈 때는 기본적으로 저녁식사로 먹을 걸 사서 간다.

음식 반입이 가능하고 다양한 음식을 사서 가는 게 즐겁다.

오늘은 중간에 있는 가게에서 야키소바와 슈마이를 샀다.

이 가게의 야키소바는 차슈가 들어 있어서 최고로 맛있다.

그리고 편의점에서 캔 맥주와 잘 사지 않는 초콜릿.

잠시 생각하다 캔 맥주를 2개로 정했다.

슈마이가 있잖아.

짐을 안고 핸드폰의 회원증 앱을 켜서 쿠폰을 확인하며 엘리베이터에 올라탄다. 매달 다니면 쓸 수 있는 쿠폰이 모여서 20퍼센트 할인 가격으로 이용할 수 있다.

그리고 알람으로 막차를 놓치지 않을 시간을 세팅한다.

저번에도 만화에 너무 집중한 바람에 막차를 놓칠 뻔했었다.

사회인으로서 만화 카페에서 씻고 출근하는 사람은 될 수 없었다.

하지만… 다음 날이 휴일이면 조금은 해보고 싶기도 하다.

밤새도록 만화를 읽는 것도 최고로 행복해!

"영차."

자리에 앉은 뒤 먹을 걸 내려 놓고 귀중품을 로커에 넣은 뒤 만화를 가지러 간다.

만화 카페에서 유일하게 불만인 건 개인실이 어둡다는 것이다.

자고 싶은 사람이 있다는 건 알지만 왜 모든 좌석이 어두운 걸까.

아니, 백 보 양보해서 어두운 좌석이 있어도 좋으니까 햇빛이 들어오는 밝은 좌석도 있으면 좋겠다.

머리 위에 달린 작은 조명 아래선 만화 읽기 불편하다고.

먼저 신간 코너로 가서 새로 나온 신간을 모조리 긁어모았다.

이 순간이 제일 신이 난다. 아아, 이 만화 신간도 나왔고, 이것도 나왔네!

살까 말까 고민 중인 만화 신간이 나왔는데 그게 재미있으면 "호오… 이제 우리 집에 올래?"가 된다.

그게 10권 이하라면 진지하게 고민하게 된다. 이 권수라면 다 사도 되지 않을까?! 15권 이상이 되면 전용 책장이 필요하다.

네게 그럴 가치가 있을까?

만화책을 들고 진지하게 그렇게 말을 거는 내 자신이 싫지 않다.

제일 기대하던 신간을 들고 맥주를 땄다.

아아— 일을 마치고 왔고, 좋아하는 만화가 있고, 차슈는 맛이 있고,

맥주는 차갑다니 이런 천국이 또 어디 있어!!

나는 반쯤을 단숨에 마신 뒤 야키소바를 먹고 읽기 시작했다.

"다 봤다."

나는 핸드폰의 독서 앱에 입력했다.

이게 장난 아니게 편리하다. 만화를 읽는 양이 너무 많아서 뭘 어디까지 읽었는지 다 파악하지 못하기 때문에 읽은 데까지 메모해 두고 있다.

그런데 왜 같은 책을 사는 건지 모르겠다. 영원한 수수께끼다.

다음 볼 책을 찾아 책장 코너로 갔다가 대인원 아이돌을 소재로 한 만화가 눈에 들어왔다.

이거 아이돌 그룹에 남자애가 한 명 섞여 있는 이야기였지.

문득 타키모토 씨가 생각나서 1권을 집어 들었다. 그리고 근처에 있던 야쿠자가 아이돌을 하는 만화도 집었다.

이 만화 카페는 만화 진열도 참 잘한다.

아이돌 관련 만화가 읽고 싶다고 생각하면 옆에 나란히 놓여 있잖아. 신인가.

알람이 울려서 황급히 만화 카페를 나와 막차에 올라탔다.

야쿠자가 아이돌 활동을 하는 만화가 너무 재미있어서 최신간까지 모두 읽고 말았다.

타키모토 씨한테도 보여주고 싶은데 사버릴까.

아, 하지만 갖고 있을지도 모르는데.

LINE으로 물어볼까… 생각하며 전철에서 내렸다.

그러자 단골 편의점에서 타키모토 씨가 나오고 있었다.

그 모습을 보자마자 그만 큰소리를 내서 불러 세웠다.

"!! 지금 와요? 늦었네요."

"키요카와랑 한잔했거든요."

"고생했어요—!"

나는 개인적으로 직장 사람과 단둘이서는 절대로 안 마신다. 재미가 없으니까.

아, 그런데 타키모토 씨하곤 마시니까 99퍼센트인가?

나는 자전거 주차장을 향해 걸어가면서 물었다.

"야쿠자가 아이돌이 되는 만화 알아요?"

"모르는데요. 재미있나요?"

관심을 보여준 게 기뻐서,

"주말에 같이 봐요. 오늘 보고 왔는데 최고로 재미있었어요."

핸드폰을 확인하니 이미 카트에 담겨 있길래 바로 주문했다.

너무 재미있어! 사실 실수하지 않고 사기 위한 동기 부여를 찾고 있었는데.

나도 참 나쁜 여자야.

타키모토 씨는 그러고 보니… 하며 배낭을 고쳐 매고서,

"오늘 키요카와가 맛있는 초콜릿과 마카롱을 줬어요. 단 거 좋아하세요?"

라고 물었다.

단 건 모두 좋아한다.

그렇게 대답하자 타키모토 씨는 잘됐네요… 라면서 자전거 주차장에서 갑자기 가방을 열더니 초콜릿 뚜껑을 열었다.

아니!? 이런 데서 갑자기 열다니, 타키모토 씨 많이 취했나 보네.

하지만 초콜릿은 좋아하기 때문에 하나 얻어먹기로 했다.

입으로 가져가자 달콤하면서도 부드럽고 은은한 게 너무나 맛있었다.

"으음, 좋은데요."

내가 말하자 타키모토 씨도 하나 입에 넣고서,

"폭신하네요."

라며 미소 지었다. 그러고서 오늘은 술을 마셨으니까 자전거는 끌고 갈게요, 그럼 가볼까요 라며 걸어가기 시작했다.

언덕을 조금 오르다 초콜릿을 하나 먹고, 조금 더 오르다 다시 초콜릿을 하나 먹고.

"집에 도착하기 전에 다 먹겠는데요."

내가 웃자,

"마카롱이 있어요."

타키모토 씨가 의기양양하게 말하는 모습을 보고 웃음을 터트리고 말았다.

밤중에 또 먹게?! 즐거워서 싫지 않긴 하지만.

여름이 시작되는 밤, 초콜릿과 자전거가 돌아가는 소리가 기분 좋았다.

나도 타키모토 씨도 살짝 술기운이 오른 상태로 웃으며 언덕을 올랐다.

■제18화 심각한 병??

"타키모토 씨… 나… 병에 걸렸는지도 몰라요….."

금요일 밤, 귀가하자 아이자와 씨가 거실 탁자에 정좌하고 있었다.

그리고 진지한 얼굴로 작은 목소리로 속삭였다.

순식간에 상황은 이해했지만, 재미있을 것 같아서 이 연극에 맞춰주기로 했다. 아이자와 씨는 왕의 의자라는 이름의 소파를 툭툭 두드리며 나를 거실로 초대했다.

"으으… 기껏 결혼했는데… 짧아서… 미안해요….."

"네."

나는 넥타이를 풀고 재킷을 벗은 뒤 익숙한 왕의 의자에 앉았다.

그러자 아이자와 씨가 바로 "마실래요?"라며 옆에 놓인 미니 냉장고에서 맥주를 꺼내주었다.

이 자리에 앉으면 마시는 게 기본인가.

나는 고맙다는 말을 한 뒤 맥주를 열어 한 모금 마셨다. 아아, 라이브후에 마시는 맥주는 최고로 맛있다.

탁자 옆을 보니 빈 캔이 3개 정도 쓰러져 있었다.

아아, 아이자와 씨는 술기운이 꽤 올랐나 보다.

"으으… 타키모토 씨… 왜 아무 말도 없는 거죠?"

"글쎄요, 상황을 보면 알겠어서요."

"아, 미안해요. 매칭하고 있었어요."

아이자와 씨는 연극을 멈추고 컨트롤러를 쥐고 바로 플레이에 들어갔다. 커다란 TV 화면에 나오고 있는 게임은 일본의 제조사가 출시한 잉크를 이용해 싸우는 게임이다.

사용하는 도구는 롤러라고 부르는 카펫 청소에 쓰는 돌돌이 같은 모양의 무기인데, 보통은 3번 정도 쏴야 죽일 수 있는 적을 한 방에 쓰러 뜨릴 수 있다.

그리고 위치를 감추는 기어에다 이동속도가 빨라지는 기어도 차고 있다. 초보자는 장비를 모두 갖추지 못한 경우가 많지만, 아이자와 씨 건 매우 깔끔한 게 제법 오래 플레이한 상태로 보였다.

"아… 잠깐만 센서를 너무 많이 놨잖아. 이러면 다 죽어!"

센서란 그 위를 통과하면 몸을 가렸는데도 위치가 들통나는 장치다.

아이자와 씨는 요란하게 시합을 마쳤지만, 아슬아슬한 차로 지자마 자 바로 '계속' 버튼을 눌렀다.

그리고 몸을 휙 돌려 말한다.

"…만화 콘티가 수습이 안 돼서… 아이디어도 안 떠오르고… 게임을 멈출 수가 없어요… 게임과다병이에요…."

"그런 것 같네요."

나는 조용히 수긍하며 맥주를 마셨다.

탁자 위에는 하얀 종이가 흩어져 있었다.

나는 만화는 전혀 그리지 못하기 때문에 모르지만, 컷이 나뉘어 있는 건 알 수 있었다. 바닥에 동그랗게 만 종이가 뿌려져 있었고, 그 한가운 데에 아이자와 씨가 정좌하고 앉아 컨트롤러를 쥐고 있었다.

참 묘한 상황이었다.

아이자와 씨는 컨트롤러를 탁자 위에 휙 던져 놓고 종이 쓰레기 한가운데에 벌렁 드러누워 눈앞에 놓인 동그랗게 만 종이를 펼치며 한숨을 쉬었다.

"인쇄소 예약을 60페이지로 잡아서 그건 이제 변경할 수가 없거든 요. 그러니까 60페이지로 끝내야 하는데 콘티가 자꾸 늘어져서 줄이고 줄여도 75페이지에서 더 안 돼요. 참고로 말하자면 옛날에도 이런 상황이 벌어져서 상하권으로 만들었더니 상권 60페이지, 하권 20페이지가 돼서 너무 밸런스가 안 맞는… 아, 매칭됐네요."

그러더니 벌떡 일어나 다시 게임을 시작한다.

이번엔 롤러에게 유리한 단차가 있는 스테이지라 잠복에서부터 일격필살이 잘 굴러가 여유롭게 승리했다.

주저하지 않고 '계속'을 누르고서 다시 아이자와 씨는 벌렁 옆으로 쓰러져 종이를 펼치고는 연필로 슥슥 뭔가를 그려나갔다.

그림을 전혀 그릴 줄 모르는 내가 볼 땐 연필에서 마법처럼 선이 생겨나 뭔가가 만들어지는 작업은 참 대단한 일로 보였다.

그런데 아이자와 씨는 디지털로 만화를 그리지 않았었나.

"밑그림은 종이에 그리는군요."

"콘티라고 하는 건데 컷 분할은 지금도 종이에다 해요. 이렇게 전체를 볼 수가 있어서 편하거든요. 필요 없는 부분이나 컷의 그림이 안 어울린다거나… 같은 구도가 많지는 않은지… 확인하기 편하잖아요. 1, 2… 3, 4… 이렇게. 아아… 전반부를 잘라버려서 후반부에서 대사로 설명하게 만들면… 이 블록을 동그랗게 잘라서… 아, 매칭됐네요."

아이자와 씨는 떨어져 있던 종이를 늘어놓고 뭔가가 생각났다는 듯이 말하더니 다시 벌떡 일어나 플레이를 재개했다.

이 일련의 움직임이 참 재미있었다.

보고 있자니 이번엔 롤러가 불리한 높은 곳에서 발각되는 코스였다. 여긴 위에 장사정 가능한 무기가 늘 조준하고 있어서 조금만 움직여도 바로 표적이 된다.

"아—!"

"거긴 블록에 숨으면 위에서 잘 못 봐요."

"어? 아아, 그런가!"

나도 모르게 조언을 하고 말았다.

사실 나도 좋아해서 나름 꽤 플레이를 한 게임이었다.

레벨도 아이자와 씨와 같은 랭크… 아니, 내가 더 위군.

좋아하는 아이돌이 이 게임에서 같이 놀 수 있는 사람을 모집해서 거기에 참가하고 싶어서 시작했는데 생각보다 재미있어서 푹 빠지게 되었다. 아이돌이 게임 동영상을 촬영할 때 초청해주게 되었고, 업로드하는 동영상에 내가 나오는 게 기뻐서 대충 넘어갈 수는 없었다.

그리고 아이자와 씨는 아슬아슬하게 이겼다. 그러더니 몸을 휙 돌린다. 눈이 진지했다.

"타키모토 씨, 이 게임의 실력은 뭔가요?!"

"실력은 X예요."

"진짜요?!"

아이자와 씨는 지금까지 본 적 없을 만큼 눈을 크게 뜨며 소리쳤다.

이 게임에는 랭크가 있는데 제일 위는 'X'다. 제일 잘하는 사람들이 많다.

그 아래가 'S'… 'A'… 로 이어진다. 나는 아이돌의 게임 동영상에 나오고 싶어서 열심히 한 덕분에 'X'였다.

아이자와 씨는 'S+8'로 'X'까지 2단계 남은 위치였다.

아이자와 씨는 재빨리 핸드폰을 켜고 전화를 걸었다.

"와라비, 타키모토 씨는 X래!! 월 리그 매치… 타키모토 씨, 이다음에 약속 있어요?!"

전화를 거나 싶더니 갑자기 나를 보고 묻는다.

"어… 아뇨, 약속은 없습니다만 맥주를 마셨는데….”

"난 4캔 마셨거든요!"

3캔이 아니었구나. 종이 아래에 1캔이 감추어져 있었나보다.

아아, 아이자와 씨가 더 취했구나. 문제는 없을 것 같네.

"월 리그 매치에 한 명 더 안 모이면 포기하려고 했는데 타키모토 씨 같이 나가지 않을래요?!"

"좋아요. 몇 시부터인데요?"

"30분 후에요!"

"게임기 갖고 올게요."

"제발요!! 와라비, 이타바시 씨 불러, 이타바시 씨!!"

나는 남은 맥주를 비운 다음 2층으로 게임기를 가지러 갔다.

30분이라면 옷도 갈아입어야지. 오늘은 퇴근하고 바로 라이브에 갔었기 때문에 정장 차림이었다.

월 리그매치란 게임 공식이 매달 개최하는 대회를 말하는 것 같았다.

4명이 모이면 누구나 참가할 수 있다. 그런 게 있다는 건 알고 있었지만, 네 명을 동시에 모으는 게 힘들어서 참가한 적은 없었다.

게임기와 컨트롤러를 갖고 내려가자 흩어져 있던 종이는 모두 구석에 내몰려 있었다.

…이래도 되는지는 잘 모르겠다.

아이자와 씨는 TV 앞에서 조금 떨어진 위치로 탁자를 옮겨 주었다.

한 방에서 하다 보면 소리가 겹쳐서 불편하긴 하겠네.

"어서 와요, 여기, 여기 앉아요!"

"네."

솔직히 한 방에서 같이 플레이하는 건 처음이었다.

아이자와 씨는 대화 앱을 켰다.

앱에서 와라비 씨의 목소리가 들렸다.

『타키모토 씨~ 잘 부탁해요~!』

나는 그 자리에서 살짝 고개를 숙였다.

"연습해보죠. 아, 초대 코드는 이거예요."

커다란 TV에 아이자와 씨의 초대 코드가 떴다. 이건 게임을 하는 사람 모두가 갖고 있는 번호다.

이걸 서로 교환하면 같이 게임을 할 수 있다.

와라비 씨를 따라온 분은 나이가 지긋한 남성 같았다.

제일 장사정 거리의 무기를 써서 조금 불안했지만 놀라울 정도로 조준이 적확해 후위로는 완벽한 플레이어였다. 2시간 참가한 결과, 승률 60퍼센트 정도로 싸울 수 있었다.

"아아—! 재미있었다! 다음 달엔 백 위 안에 드는 걸 목표로 하고 싶네요!"

아이자와 씨는 무척 기쁘다는 듯이 통화를 끊었다.

"그러게요…."

대답은 했지만 나는 결국 참지 못하고 스윽… 방 안쪽에 쌓인 하얀 종이 더미를 보았다.

그러자 아이자와 씨도 내 시선을 따라 하얀 종이 더미를 보더니 바닥으로 풀썩 쓰러졌다.

그리고 고기를 들고 입을 삐죽거렸다.

"타키모토 씨… 나… 병에 걸렸는지도 모르겠어요…."

"그러게요."

나는 그만 웃음을 터트리고 말았다.

④

번외편
타키모토 류타에 대해

■ 번외편 타키모토 류타에 대해

원래 성격이 느긋해서 그렇겠지만, 지금까지 살아오면서 진지하게 화를 낸 적은 몇 번밖에 안 된다.

지금도 똑똑히 기억난다… 처음으로 진지하게 짜증 나고 화를 냈던 건 초등학교 3학년 때 수업 참관일이었다.

우리 아버지는 병으로 일찍 돌아가셨다.

그래서 어머니는 보험 외판원 일을 하며 혼자 나를 키워주었다.

아침부터 밤까지 일하러 나가는 데다 특히 휴일엔 바빠서 토요일에 있는 수업 참관에는 올 수 없었다.

하지만 나는 한 번이라도 좋으니 와주길 바랐다.

그래서 "내가 잘하는 산수니까 와줘!" 라고 부탁했다.

어머니는 "잠깐 들러볼게" 라고 말해주었다.

나는 어머니가 와준다는 사실이 기뻐서 연신 교실 뒷문을 살폈다.

그리고 어머니의 얼굴이 슬쩍 보인 순간 너무나 기뻤다.

정말로 와줬어!

가슴 앞에 대고 손을 흔드는 나… 그 앞자리, 같은 반의 타카나시가 입을 열었다.

"타키모토네 엄마 머리 모양 앵무새 같지 않냐?"

그러자 반 애들이 모두 뒤를 돌아보고선,

"정말, 머리 모양이 앵무새네—!"

라며 웃었다.

그 시선과 웃음소리를 듣고 어머니는 난처하다는 듯이 앞머리를 누르며 복도로 나갔다.

나는 그때 확연히 화가 나서 앞자리에 앉아있던 타카나시의 의자를 발로 걷어찼다.

타카나시는 책상에 세게 엎어졌고, "타키모토 너!!" 하고 소리쳤다.

나는 지지 않고 "네가 잘못했잖아!!" 라고 소리쳤다.

선생님이 바로 달려왔고 나는 복도로 끌려 나갔다.

그 후의 일은 기억나지 않지만, 집으로 돌아오니 어머니가 아무 말도 없이 좋아하는 만두를 만들어주었던 건 기억난다.

나는 사과하지 않아. 잘못하지 않았어. 하지만 어떻게 말해야 좋을지 몰라 그냥 옆에 서서 같이 만두를 빚었다.

늘 밤중에 잠이 깨어 화장실에 가면 부엌에 어머니가 있었다.

부드럽게 부풀린 머리는 납작했다.

늘 몸이 크게 보이는 옷을 입고 다니는데 잠옷을 입으면 자그마했다.

매일 열심히 머리를 세우고 열심히 몸을 크게 보이도록 꾸미며 일을 한다는 걸 초등학생인 나도 알 수 있었다.

그 앵무새처럼 한껏 치켜세운 머리는 어머니가 열심히 노력하고 있다는 증거다.

그걸 비웃는 걸 용서할 수 없었다.

나중에 타카나시도 어머니가 수업 참관에 못 와서 우울했다고 사과했지만… 아무리 그래도 해도 될 말이 있고 안 될 말이 있는 법이다.

나는 지금도 용서하지 않았다.

중학생이 되자 집에 오면 어머니가 집에 있는 일이 없어졌다.

정말 진지하게 일을 하기 시작한 것이다.

하지만 나는 탁구부에 들어갔다. 친구와 매일 연습했기 때문에 그렇게 외롭다는 생각은 들지 않았다.

내가 고등학생이 되자 어머니는 가끔 술을 마시고 돌아오게 되었다.

동시에 남성 화장품 냄새가 나게 됐다.

이성적으로는 '연애를 한다니 좋은 일이잖아. 지금까지 혼자서 키워줬는데.' 생각하면서도 어머니가 여자라곤 생각해본 적이 없었기 때문에 정말 기분이 나빴다.

그걸 이해하게 된 건 취직해서 집에서 나온 뒤였다.

지금까지도 집안일을 많이 해왔기 때문에 별로 어려울 것 없을 줄 알았는데 일하면서 집안일을 하는 건 힘들었다.

이 무렵에는 이미 돌덕이었기 때문에 라이브를 다니는 걸로 일상을 이겨나갔다.

그리고 깨달았다.

나는 라이브에 다니며 활력을 찾는다. 어머니는 연애를 통해 활력을 찾았던 게 아닐까.

남자 화장품 냄새를 풍기게 된 뒤로 웃는 일이 늘었으니까.

그런 거겠지.

주체할 수 없이 밀려오는 현실에서 도피시켜주는 게 연애였을 거다.

그때부터는 "상대가 있으면 재혼해. 난 이제 괜찮으니까" 라는 말을 계속했다.

하지만 어머니는,

"아직 다 못 키웠어. 류타가 결혼하면 그걸로 육아는 일단락되니까. 그때까진 난 재혼하지 않을 거다."

그렇게 주장해 왔다.

결혼이라….

나는 다 쓴 젓가락을 젓가락집으로 말아 정리하며 한숨을 쉬었다.

점심시간이 지난 식당은 한가해서 식사를 하는 사람은 나와 키요카와뿐이었다.

키요카와는 텐푸라를 먹으며 입을 열었다.

"타키모토, 너 오늘 올 거지? 사실 너 데리고 오라고 했어."

"아— 응. 어차피 거절도 못 하잖아."

"한 달에 한 번 정도는 좀 어울려라. 사내 분위기를 원활하게 만드는 것도 영업부가 할 일이잖아."

키요카와는 차를 마시며 나를 노려보았다.

오늘은 경리부 아이들과 술자리가 있으니까 꼭 오라는 소리를 들었다.

하지만 귀찮은 데다 오늘은 밖에서 회의가 있어 그대로 퇴근하고 싶었는데.

거래처 사람들과 식사나 술자리를 갖는 건 업무의 일환이라고 이해하지만, 회사 경리부 여자애들과 식사를 하는 게 과연 일일까.

경리? 나는 바로 감을 잡고 고개를 들었다.

"키요카와, 너 무라카미 씨한테 강요당했지."

"오, 역시 나 다음 넘버 2인 영업의 타키모토라니까. 정답이야."

"너, 술자리에서 몰래 스킨십 좀 하지 마라."

"그게 회사에 여자가 있는 즐거움인데."

"내가 안 보는 곳에 가서 해."

"아무튼 오늘은 타키모토 너 데리고 오라고 했다고. 꼭 와야 된다."

"알았어."

나는 그릇을 정리하며 대답했다.

일요일에 나오라고 한 건 아니니까 일이라고 받아들이기로 했다.

키요카와도 그릇을 정리하며 입을 열었다.

"너 여자친구 없잖냐. 데리고 오라는 말을 듣는 것만으로도 영광 아니냐."

"으음, 그래, 그래."

"진지하고 성실해 보이는 분위기가 인기랍니다, 타키모토 씨."

"하하….."

가볍게 웃어넘기며 껌을 입에 넣었다.

나는 얼굴도 키도 분위기도 '평범'하다고 생각하고 옛날부터 나이에 비해 차분해 보이는지 고등학교 때에는 평범하게 여자친구도 있었다.

하지만 그때의 나는 젊었다.

'내가 좋아하는 건 다른 사람도 좋아할 거다'라고 믿고서 당시 내가 좋아했던 아이돌을 그녀에게도 열렬하게 영업했다.

그 결과 "난 이렇게 귀엽지 않아. 계속 비교당하는 건 괴로워. 이해가 안 돼. 돌덕이라니 정말 기분 나빠. 그런 사람인 줄 몰랐어" 라며 두 달도 채 안 돼서 차였다.

그 경험을 통해 배운 것은 여자 앞에선 다른 여자를 칭찬하지 말 것.

오타쿠의 취미가 널리 받아들여지고 있는 요즘도 돌덕만은 어렵다는 것.

그리고 내가 좋아하는 걸 부정당하는 건 예상보다 더 마음이 아프다는 것이었다.

바보 취급을 당하느니 사랑 따윈 하고 싶지도 않았고 결혼은 더더욱 말도 안 되는 소리다.

그래도 마음이 가는 여성이 한 명도 없었냐고 묻는다면 거짓말이겠지만.

"이 알람은 뭐지."

회의용 자료를 만들려는데 복사기가 작동하질 않는다.

살펴보니 처음 보는 오렌지색 불이 켜져 있었다.

종이가 막힌 것도, 토너가 없는 것도 아니다. 이건 서포트 센터에 물어봐야 할 일이었다.

일단 다른 복사기를 쓸까. 이 복사기는 자동으로 스테이플러로 찍어

줘서 편리한데.

나는 서포트 센터에 연락하기 위해 일어섰다.

그때 뒤에서 여성의 목소리가 들렸다.

"또 오렌지예요? 아마 토너가 안까지 안 들어가서 그럴 거예요."

뒤를 돌아보니 디자인부의 아이자와 사츠키 씨가 서 있었다.

심장이 두근거리고 숨이 막혔다. 사내에서 유일하게 마음에 둔 여성이 이 사람이다.

이렇게 보게 되다니 운이 좋네. 나는 냉정한 표정을 지으며 말했다.

"고칠 수 있나요?"

"해볼게요."

"열어드릴까요?"

"아, 괜찮아요. 토너가 가루라 조금 특이하거든요. 내가 할게요. 셔츠에 묻으면 안 지거든요."

그렇게 따지면 아이자와 씨 옷과 손에도 묻지 않나… 싶었는데 아이자와 씨는 복사기 뒤에서 비닐장갑과 비닐 앞치마, 그리고 쓰레기봉투를 꺼냈다.

그리고 살짝 미소 지으며,

"자주 고장이 나서 여기에 숨겨놨어요."

하고 웃었다. 너무 귀엽다… 나는 남몰래 입술을 깨물었다.

아이자와 씨가 비닐 앞치마를 둘렀다. 좌우의 끈이 늘어져 있어서,

"묶어드릴까요?"

라고 물었더니,

"아, 그럼 부탁 좀 할게요."

라며 아이자와 씨가 몸을 뒤로 돌렸다. 그러자 긴 목이 눈앞에… 나는 긴장하며 비닐 끈을 묶었다.

아이자와 씨는 몸을 휙 돌리더니,

"고마워요."

하고 웃었다. 너무 귀여워… 몇 초 전과 같은 감상을 떠올렸다.

아이자와 씨는 장갑을 끼고 토너 부분을 연 뒤 그걸 비닐봉투 위에 펼쳤다.

그리고 안쪽 부분을 살짝 만졌다. 그러자 화악… 검은 토너가 퍼졌다. 아이자와 씨는 그걸 확인한 뒤 토너를 복사기에 다시 꽂았다.

그러자 램프가 꺼지고 복사기는 고쳐졌다.

"대단하네요… 고맙습니다."

"아니에요, 나도 출력하고 있었거든요."

아이자와 씨는 비닐장갑과 앞치마를 정리했다. 그리고 출력된 걸 들고 부서로 돌아갔다.

조금 더 대화해보고 싶었지만 바빠 보여서 포기했다.

아이자와 씨는 17시까지는 반드시 일을 마치고 퇴근하는 사람으로 유명했다.

일은 완벽하고 빈틈을 보이지 않는다. 그런데 미인에다 무엇보다 목이 길고 아름답다.

완벽하고 빈틈이 없는데… 몇 달 전 신년회에서 맛있게 로스트비프를 먹던 모습을 보았다.

제일 뒷자리에서 정말 몰래몰래, 정말로 맛있다는 듯이 미소를 지으면서.

그 갭이 신경이 쓰여 회사에서도 관심을 갖게 되었다.

하지만… 저런 미인이라면 남자친구가 있겠지. 매일 정시에 퇴근하잖아.

그 남자친구 앞에서는 그 미소를 보여줄 거야.

회사 회식 자리에는 일절 오지 않아서 접근할 틈이 없다.

나는 우연을 기뻐하며 몰래 지켜보는 수밖에 없었다.

그런데 목이 정말 예쁘더라….

복사기가 덜컹덜컹 뱉어내는 자료를 나는 멍하니 바라보았다.

회의를 마치고 키요카와에게 붙잡혀 술자리로 향했다.

그러자 가게 앞에 있던 여자애가 바로 다가왔다.

"안녕하세요, 하타노예요."

"안녕하세요, 타키모토입니다."

안녕하세요… 서먹하게 인사했지만 일단 얼굴은 안다.

나는 한 번 만난 사람의 얼굴과 이름은 완벽하게 외울 수 있다.

하타노 아미, 우리보다 두 살 아래로, 하세가와 전무와 같은 대학을 나왔을 거다.

자리에 앉자 하타노 씨는 마실 걸 주문한 뒤 내게 샐러드를 나눠주었다.

나는 그걸 받아 들며 말을 걸었다.

"하타노 씨는 늘 월급명세서를 영업부에 가지고 와주시… 죠?"
"! 맞아요. 와, 기억하고 있었네요."

그렇게 말하며 하타노 씨는 얼굴을 붉히며 들고 있던 집게를 바닥에 떨어뜨렸다.

아무리 둔한 나라도 바로 이해할 수 있었다. 아아, 뭔가 한 기억은 없지만 날 좋아하는 것 같다.

가게 직원을 불러 집게를 바꿔 달라고 하자 무라카미 씨가 그걸 받아서 능글맞게 웃으며 건네주었다.

"하타노는 영업부만은 자기가 가겠다면서 절대 양보를 안 한다니까. 이유가 뭘까?"
"무라카미 선배, 그만 좀 해요. 아, 제가 다….."

그렇게 말하며 하타노 씨는 내 쪽을 슬쩍 보더니 눈을 내리깔았다.

귀엽게 생겼는데 영업의 버릇 때문에 옷과 머리 모양, 화장 등을 체크하고 만다.

그런 부분에서 성격이 드러나기 때문에 자연스레 보게 된다. 이건 직업병이다.

앞이 깊이 파인 옷… 이건 내가 말하긴 그렇지만 내가 오니까 입은 걸 거다. 그러니까 몸에는 자신이 있는 타입이다.

그리고 피부에 뭔가 발랐는지 목덜미가 반짝거렸다.

…이렇게 피부에 바르는 파운데이션 같은 건 등처럼 스스로 바를 수 없는 데는 어떻게 바를까? 뚝 끊기게 되나?

하타노 씨가 내 잔에 맥주를 따르고 이런저런 말을 걸었지만 내 머리는 시시한 생각에 빠져 있었다.

하타노 씨는 핸드폰을 꺼내 날 힐끔힐끔 쳐다보며 입을 열었다.

"저어… 연락처를, 저기, 회사 연락망에 있는 건 아는데요, 개인적으로 물어보고 싶어서요."

"아, 괜찮아. 하지만 답을 자주 하진 못할지도 모르는데."

"괜찮아요!"

하타노 씨는 내 연락처를 등록하더니 기쁘게 웃었다.

술자리가 끝나고 전철을 탈 무렵에는 『쉬는 날엔 뭐 하세요? 괜찮으면 또 한잔하러 가지 않을래요?』라는 연락이 왔다.

나는 『휴일엔 바빠서 평일에 일 끝난 다음에 가는 게 어때요?』라고 답했다. 라이브에 가고 싶은 것뿐이었지만.

바로 답이 와서 다음 주 월요일, 일이 끝난 뒤에 한잔하러 가기로 했다.

좋아하는 사람에게 이해받는 연애가 어렵다면 날 좋아해주는 사람과 사귀어야 한다.

그런 건 알고 있지만… 나는 한숨을 쉬었다.

오늘은 3개월에 한 번, 사원 전원이 참가하는 기획 회의 날이다.

우리 회사의 기획 회의는 조금 특이하다.

사원 전원이 참가한다는 시점에서 이미 많이 독특하지만, 그건 사장의 '우수한 상품은 모두가 갖고 있는 작은 불만에서 만들어진다'는 이념에 따른 것이다. 다양한 사람에게 작은 불만이 있고, 거기에서 상품이 생겨난다는 사고방식은 싫지 않다.

디자인부를 보니 아이자와 씨가 있었다. 오늘도 머리를 단단히 묶고 있어 목이 잘 보였다.

시선을 느끼고 경리 쪽을 보니 하타노 씨가 있었다. 내가 가볍게 인사하자 활짝… 미소를 짓는다.

그 모습을 보고 키요카와가 스스슥 다가왔다.

"하타노 씨 어때?"

"뭐, 그냥 귀엽지."

"너 여자한테 '그냥'은 무례한 거 아니냐. 저렇게 노골적으로 OK 사인을 보내는데 움직이지 않으면 실례라고."

"응, 밥은 먹으러 갈 거야."

"차려진 밥상은 먹어야지~."

키요카와는 무라카미 씨를 향해 살짝 손을 흔들었다.

그러자 무라카미 씨 옆에 있는 하타노 씨가 고개를 내밀고 내게 인사를 했다.

나도 고개를 숙여 답했다. 정말 그냥 귀여운 사람이라고 생각한다. 다만 마음이 끌리지 않을 뿐이지.

기획 회의가 시작되었다.

우리 기획 회의는 기본적으로 '익명'으로 기획에 이름은 기재되지 않는다.

그건 기획을 쉽게 내도록 하기 위한 배려로, 상품으로 만들어졌을 경우 보너스가 나온다.

내가 무기명으로 제출한 건 '옆에 메모용지가 달린 iPad 커버'다.

요전에 커피숍에서 남성이 iPhone 화면에 포스트잇을 붙인 걸 보고 생각해낸 것이다.

리마인더를 설정하는 걸 귀찮아하는 사람도 많을 거다.

나도 리마인더에 들어가면 좋은데 왠지 포스트잇에 써서 모니터에 붙여놓기 때문에 그 심정은 이해한다.

사회자가 모니터에 기획서를 띄우고 다양한 기획을 발표해 나간다.

나는 이걸 듣는 걸 좋아한다.

입장이 다를 뿐 이렇게 다양한 불만이 있다는 걸 깨닫게 되기 때문이다.

그리고 내 iPad 케이스도 소개되었다.

이때 주변을 슬쩍 둘러보며 반응을 보는 게 재미있다. 그때 하타노 씨가 고개를 저으며 "저건 아니지" 라고 쓴웃음을 짓는 게 보였다.

…그렇겠지. 저게 당연한 반응이다.

옆에 있는 키요카와도 "iPad에 로그인하면 되잖아?" 라며 웃었다.

재미있다고 생각했는데 안 되나. 그렇게 생각하는데 디자인부에서 슥… 손이 올라왔다.

아이자와 씨다. 그리고 자리에서 일어나 입을 열었다.

"개인적인… 의견이지만 이 iPad 커버는 발매되면 갖고 싶어요. 디자인을 설명할 때 그림 앱을 켜는 건 나름 귀찮은 일이라 옆에 종이가 있으면 그 수고를 덜 수 있거든요."

!!

나는 슬쩍 고개를 숙이고 입술을 깨물었다.
너무 기뻐서 심장이 벌렁거리는 게 느껴졌다.
옆에 앉은 키요카와는 끈질기게 "아니, 지문으로 열면 되잖아?" 라고 떠들고 있고. 하타노 씨는 손을 저으며 "저건 아냐" 라며 옆에 앉은 무라카미 씨와 웃고 있었다.
그런데 아이자와 씨만은 내 기획을 재미있다고 말해주었다.
냉정한 표정을 만들 수 없어 계속 고개를 숙인 채 기쁨을 참아냈다.

내 취향을, 재미를 이해받는 게 이렇게 기쁜 일일 줄이야.

아이자와 씨가 발언해준 덕분에 내가 생각한 iPad 케이스는 시작품으로 만들어지게 되었다.
한 명이라도 괜찮다는 발언이 있으면 비용이 들어도 시작품을 만들 수 있다. 기뻤다.
그걸 가지고 본 회의에 들어간 결과, "아니, 로그인하면 되잖아?" 라고 상부에서 판단, 기획은 통과되지 못했다.
아쉽게 생각한 며칠 후… 회의실에서 아이자와 씨를 보았다.
그 손에는 내가 기획한 iPad 케이스 시작품… 무려 'AIZAWA'라고 견출지가 붙어 있었다.

시작품이 하나 없어졌던데 허가를 받아서 개인적으로 소유했나 보다.

나는 회의실 복도에 주저앉고 말았다.

그렇게 마음에 들었었나.

우와, 너무 기뻐. 복도에서 춤추고 싶을 만큼 기쁘다.

"…기쁘, 네…."

말을 하고 나니 확연하게 자각이 됐다.

내가 생각한 걸 재미있다고 생각해주는 아이자와 씨와 좀 더 대화를 나눠보고 싶다.

아이자와 씨는 뭘 좋아할까? 기획 회의에서 늘 어떤 걸 제출할까.

…나는 아이자와 사츠키 씨를 좋아한다. 그녀가 좋다.

하타노 씨와 몇 번 식사 자리를 가졌지만 결국 마음은 움직이지 않았다. 아이자와 씨가 회사 사람에게 관심이 없는 건 안다. 아마 남자친구도 있겠지.

그래도 어차피 미움을 산다면 좋아하는 사람에게 차이고 싶다.

아이자와 씨에게 다가가서 차인다면 그걸로 만족하니까.

좀 더 그녀와 이야기를 나눠보고 싶다.

내 사랑은 이제 막 시작되었다.

기왕이면 당신에게 최후의 일격을 얻어맞고 싶다.

나는 그렇게 결심했다.

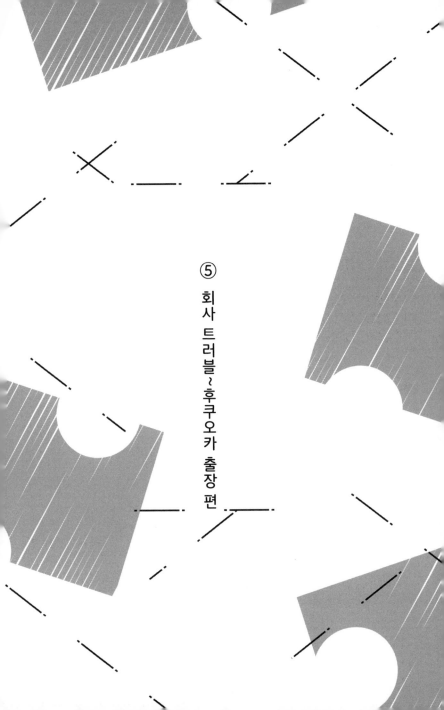

⑤
회사 트러블 ~후쿠오카 출장 편

■ 제19화 한밤중의 호지차

이건 잔업을 해야겠는데.

나는 한 장의 사진을 본 순간 생각했다.

"세가와 씨, 이거 사진 번호가 다르네요."

"어… 잠깐만, 진짜? 우와, 진짜네. 모토무라 씨 있어?! 어떡하지!"

지금 내가 작업하고 있는 건 다음 주에 있을 전시회에서 사용할 인쇄기 책자다.

다른 회사에서 하청받은 것으로 마감은 오늘이다.

사진 실수는 최종 확인을 하다가 깨달았다.

표지 인쇄기 번호는 'SM955'.

하지만 본문에 실린 인쇄기 번호는 'SM950'이었다.

본문의 사진을 확인하자 'SM955'이었다가 'SM950'이었다가 2종류가 혼재되어 있었다.

발주처에서 실수를 한 것으로 짐작됐다.

이 둘은 생긴 건 똑같고 내용만 바뀐 것이라 매우 구분하기 어렵다.

그리고 이 상품명 표시는 자세히 보지 않으면 알아보지 못할 만큼 작았다.

원 데이터가 틀린 건 발주처의 실수지만, 우리 회사는 데이터를 받은 시점에서 영업 제작이 확인하기로 되어 있다.

하지만 디자인부인 우리도 확인했어야 했다.

그걸 마감인 오늘까지 알아차리지 못한 게 문제다.

누가 잘못한 게 아니라 나까지 포함해 모두 실수한 거다.

이 책자 아마 내일 데이터를 보내야 인쇄에 늦지 않을 텐데 심지어 이건 전시회용이다.

관계자만 보는 거란 말이다. 게다가 50퍼센트의 사진은 제대로 된 것 같았다.

지금 할 수 있는 건 임시방편으로라도 마무리 짓는 거다.

인쇄를 누락시키고 사진을 맞는 걸로 바꿀지 말지는 우리가 판단할 일이 아니다.

디자인부 직원들이 모두 술렁이기 시작했다.

"영업제작은 모토무라던가. 목 날아가는 거 아냐? 왜 좀 더 빨리 확인하지 않은 거야?"

"잔업은 절대 무린데."

"200페이지잖아…… 어차피 우리 실수 아니니까 어쩔 수 없는 일 아냐?"

이 상황에선 누가 실수를 했는지는 중요하지 않다.

게다가 지금 시간은 16시 50분.

잔업이야 어쩔 수 없지만, 나는 동인 원고 마감도 빡빡해서 오늘 5페이지 펜 터치를 마치지 않으면 일할 계산상 죽음 확정이다.

그러니까 1초라도 빨리 퇴근하고 싶었다.

나는 다시 사진을 보았다.

이건 정면에서 번호를 찍은 사진이 고해상도인 데다 사이즈도 작다. 이걸 이용하면 어떻게 해결할 수 있을지도 모른다. 나는 마우스를 쥐고 사이트를 켰다.

"좋은 플러그인이 있어요."

"뭐?!"

디자인부 사람들이 내 주위로 모여들었다.

그건 며칠 전에 원고 작업을 마쳤을 때 찾은 외국의 유료 플러그인이었다.

구입해서 작업에 들어갔다.

곡면에 한 번에 이미지를 첨부할 수 있는 플러그인으로 나는 최애의 개 시바키치의 옷을 모두 이걸 이용해 붙였다.

곡면에 붙이는 작업은 오랜 시간이 걸리지만 이 플러그인으로 정확하고 신속하게 작업할 수 있다. 작업하면서 사람들에게 설명했다.

"곡면 처리가 안 된 이미지가 있으니까 그걸 원 데이터로 써서 각도 데이터만 뽑으면 자동으로 만들어줘요. 그러면 미세 수정만 하면 될 겁니다."

"…아아. '우리의 성의'를 보여주기엔 충분하긴 하네."

어느새 뒤에 서 있던 상사 카케가와 씨는 당장 5개의 플러그인을 추가로 구입했고, 우리는 일제히 작업에 들어갔다.

솔직히 상식적으로 생각하면 인쇄에서 뺄 일이었다.

하지만 알아차리지 못한 우리의 성의를 보여주기 위한 불필요한 작업이었다.

나중에 깨달았는데 다른 책자에 나오는 사진도 혼재되어 있어서 수정이 필요한 사진은 3백 장이 넘었다.

바로 정규 사진으로 교체할 수 있게 모두 이름을 바꿔 다른 폴더에 넣어 두었다.

작업이 끝난 건 23시였다.

"끝났다…."

세가와 씨는 책상에 엎어졌다.

역시 진심을 발휘하면 누구보다 작업이 빠른 사람이었다.

"퇴근할게요."

나는 바로 정리한 뒤 자리에서 일어났다.

식사하고 가지 않겠냐고 권했지만 볼일이 있다… 는 말로 거절한 뒤 전철에 올라탔다.

오늘 5페이지를 못 끝내면 내일 해결해야 할 페이지가 7페이지가 되는데, 그건 절대로 무리다.

사실 원고가 계산대로 끝난 적이 없는 데다 문제나 컨디션 난조까지 더해야 하는데 매번 일이 이렇게 꼬인다.

나는 스스로에게 화를 내며 언덕길을 빠르게 올라갔다.

집에 오자 마침 현관에 타키모토 씨가 앉아 신발장에 신발을 넣고 있었다.

바로 앞의 전철을 타고 왔나 보다.

"…아이자와 씨, 어서 와요. 수고했어요."

"타키모토 씨도요. 수고 많았어요."

서로 "하아…" 한숨과 함께 쓴웃음을 지었다.

영업부도 대응하느라 바빴나 보다. 타키모토 씨는 재킷을 벗으면서,

"우리 모토무라 때문에 죄송합니다."

라고 했다. 나는 고개를 저으며 신발을 벗어 신발장에 넣었다.

"마지막까지 못 알아차린 우리도 문제였죠."

최근엔 작업 수가 많아서 소재 체크를 게을리했는지도 모른다.

정신을 차리지 않으면 힘들어지는 건 우리들이다.

타키모토 씨는 기분을 새로이 바꾸듯 밝은 목소리로,

"그러고 보니 만쥬 좋아해요? 오늘 사왔는데 괜찮으면…."

하며 가방에서 봉투를 꺼냈다.

그건 회사 근처에 있는 센도야라는 맛있는 만쥬 가게 봉투여서 나는,

"엄청 좋아해요."

라고 대답하며 재킷을 현관에 걸었다. 센도야의 만쥬는 많이 달지 않아서 맛있다.

그런데 타키모토 씨가 안을 보고 "아" 하고 입을 벌렸다.

왜 그러나 궁금해하며 말을 기다리는데 미안하다는 듯이 봉투에서 상품을 꺼냈다.

"…죄송해요. 남은 상품이 가엾어서 사왔거든요."

센도야는 인기가 있어서 기본적으로 남는 상품이 없을 텐데?

타키모토 씨가 보여준 만쥬는 평범한 만쥬가 아니라 검은 혹이 잔뜩 달려 있었다. 봉투에 적힌 상품명은,

"타피오카 만쥬."

처음 보는 상품이었다.

"사장님 딸이 타피오카를 좋아해서 만들어봤다는데 남아서 가엾더라고요."

타키모토 씨는 미안하다는 듯이 말했다.

그 만쥬 가게는 우리 회사에서 후원하고 있어서 사명이 적힌 낙인도 있는 곳으로 사장님과도 모두 아는 사이다.

생각해 보니 좀 경박한 이미지의 고등학생 딸이 있었던 것 같다.

아하, 그랬구나? 반대로 흥미가 동해서,

"먹어볼까요."

하고 타키모토 씨를 데리고 1층 부엌으로 들어가 호지차를 탔다.

테이블에 놓인 타피오카 만쥬… 봉투를 열기 전부터 묵직한 무게가 느껴졌다.

소량의 타피오카를 넣은 수준이 아니라는 진심이 느껴졌다.

만쥬를 자세히 보니 센도야의 일본풍 디자인을 망가뜨리듯 귀여운 손글씨 폰트로 '타피오카 포함'이라고 적힌 스티커가 붙어 있어서 센도야 고유의 분위기를 완전히 망치고 있었다.

그리고 한 입 먹어보았다.

"…만쥬와 타피오카의 궁합이 최악이네요."

나는 힘겹게 입안에 공간을 만들며 말했다.

말랑말랑과 질겅질겅의 콜라보로 예상을 벗어나지 않는 안타까운 맛이었다.

타키모토 씨도 한 입 먹더니,

"아아, 이건 타피오카가… 거슬리네요…."

라고 우물거렸다.

만쥬의 기본 반죽과 팥소가 맛있어서 타피오카의 이질적인 느낌이 더 강조된다.

아무리 생각해도 궁합이 안 좋다. 타피오카가 적었으면 그나마 이해할 수 있겠는데 양이 많아서 먹다 보면 숨이 막힐 지경이다.

"이거 뭐죠… 생명의 위기가 느껴지는데요."

"입안에 타피오카가 흘러넘쳐요…."

우리는 어이가 없어져서 타피오카 만쥬를 호지차로 억지로 삼키며 웃었다.

집에 올 때 느꼈던 짜증은 신기하게 모두 사라졌고, 밤에 마시는 호지차는 향긋하고 맛있었다.

■ 제20화 체온과 불꽃

"드디어 걸스 컬렉션에 디저로즈가!"

"후쿠오카구나."

나와 카타쿠라는 사이트를 보며 흥분했다.

디저로즈가 패션쇼에 서게 되었다.

젊은 여자애들을 타깃으로 한 곳에 아이돌이 나오는 건 팬을 늘리기 좋은 기회다.

그래서 후쿠오카라는 먼 곳에서 개최되는 컬렉션이라도 운영팀은 참가하기로 결정했을 것이다.

최애인 논짱은 늘 패션쇼에 나가고 싶어 했었다.

활동한 지 5년, 드디어 그 꿈이 이뤄지는 것이다.

나는 완전히 아빠의 심정으로 디저로즈를 지켜보고 있기 때문에 내 자식이 꿈을 이뤄가는 모습에 감개무량해졌다.

이건 어떻게든 보고 싶은데.

디저로즈 팬의 핵심인 최고사령관 카타쿠라는 당연히 갈 생각인지 고속버스를 예약하며 나를 보았다.

"그런데 타키모토, 일요일이야. 너 갈 수 있겠어?"

"그게 문제란 말이야."

나는 환승 안내를 보며 대답했다.

회사원에게 일요일 늦게 열리는 이벤트는 지뢰다.

찾아보니 19시 반 정도에 패션쇼장을 나오면 마지막 비행기를 탈 수 있겠지만 20시면 힘들 것 같았다.

걸스 컬렉션 사이트를 보니 17시 개장, 18시 개시, 20시 종료라고 적혀 있었다.

이런 연예인을 부르는 패션쇼의 기본 법칙이지만, 별로 유명하지 않은 아이는 처음에 나온다.

그러니까 90퍼센트 이상의 확률로 19시까지 디저로즈 전원이 무대에 서겠지만, 쇼의 마지막에 모두 손을 잡고 나오기도 한다.

그러면 '디저로즈가 나왔다'는 느낌이 확 들고 모든 멤버의 만족스러운 표정을 보는 것도 기쁜 일이다.

"으음….."

한숨을 쉰 뒤 환승 앱을 껐다.

"일요일에 돌아오는 건 포기했어. 첫 비행기를 타고 와야지."

"역시 직장인은 돈이 많아. 나는 야간 버스로 돌아올 건데. 숙박과 비행기 요금은 못 내."

"야간 버스를 타면 허리가 죽잖아."

"나도 허리가 죽겠지만 원정에 4만을 넘게 쓰면 생활이 죽거든."

카타쿠라는 한숨을 쉬었다.

그는 회사원이었지만 디저로즈에 빠져서 낮에 하는 라이브를 모두 참가하기 위해, 알바를 하는 자유로운 입장으로 전직했다.

일반인이 가기 힘든 평일 라이브에 갈 수 있는 반면, 수입은 많이 준다.

사회인인 나는 돈 걱정은 전혀 없다곤 할 수 없지만 절망적으로 힘들진 않다.

문제는 체력이다.

3년 전에 야간 버스를 타고 센다이에 간 적이 있었는데, 허리가 망가져 그 후 한 달 정도 병원 치료와 마사지를 받아야 했다.

결국 숙박을 하고 신칸선을 타는 게 더 싸게 먹혔던 것이다.

그 이후로 나는 학습했다. 신체적으로 가성비를 고려해 원정을 뛰지 않으면 그 후의 오타쿠 활동과 사회인으로서의 생활에 지장이 생긴다는 것을.

후쿠오카는 동네가 작아서 시내 어디에 묵든 첫 비행기를 탈 수 있다.

공항이 가까운 건 원정을 뛰는 입장에서 보면 정말 고마웠다.

우리는 후쿠오카에 간다면 라멘을 먹자… 고 말하며 해산했다.

오후의 라이브를 마치고 밤까지 원정에 대해 대화한 뒤 전철을 타자 유카타를 입은 사람들이 많이 보였다.

아아, 오늘은 어디선가 불꽃대회가 있었나 보다.

나는 익숙해진 언덕길을 걸어 올라가며 생각했다.

집에 도착하자 거실과 부엌의 불은 꺼져 있었고, 안쪽의 컴퓨터방의 불만 켜져 있었다.

아이자와 씨는 집에 있구나.

하지만 지난 며칠 동안 얼굴을 못 봤다.

18시 전에는 귀가해 컴퓨터실에서 한 발짝도 나오지 않고 심야 시간까지 작업을 하는 것으로 보였다.

지난번의 트러블로 작업을 못 한 여파가 꽤 큰 듯했다.

아침은 일찍 나가기 때문에 내가 출근할 때엔 이미 집에 없다.

회사 식당에서도 안 보이는 걸 봐선 자기 자리에서 가볍게 식사를 때우고 일을 마치고 있는 거겠지.

그 작업은 아이자와 씨의 아이디어로 거래처는 그대로 데이터를 써서 전시회를 해결했다.

그리고 모토무라의 목은 날아가지 않고 넘어갈 수 있었다.

정말 다행이었다.

나는 컴퓨터의 전원을 켰다.

이곳에서의 생활도 익숙해진 만큼 음악 제작 활동도 재개하게 되었다.

재생 수도 제법 늘어서 곡을 만드는 건 즐거웠다.

그리고 전처럼 헤드폰을 쓰고가 아니라 소리를 내면서 작업하는데 그것도 기분이 좋았다.

확인했더니 "소리 내도 괜찮아요. 나도 늘 음악 틀어놓거나 앱으로 통화하는데요. 나야말로 시끄럽지 않아요?" 라고 오히려 신경을 써주었다.

아이자와 씨는 정말 좋은 사람이다.

그러니까 나도 상대에게 부끄럽지 않은 사람으로 있고 싶다는 생각을 저절로 하게 된다.

음악을 틀어놓고 작업하는데 밖에서 펑… 하는 소리가 들렸다.

유카타 입은 사람도 있었으니 불꽃이 터지는 소리일 거다.

여긴 고지대다.

혹시 보이지 않을까.

베란다로 나가자 멀리에 작은 불꽃이 보였다. 오오, 역시. 나는 냉장고를 열고 맥주를 꺼내 베란다에 앉았다.

강 안쪽, 주택 사이로 작게 빛나는 고리가 보인다.

틀림없이 불꽃이다.

멀리서 보니 작은 색색 가지 꽃이 허공에 피어 있는 것처럼 보인다.

"타키모토 씨— 2층에 올라가도 되나요~?"

"!! 그럼요."

밑에서 아이자와 씨 목소리가 들렸다.

괜찮다고 대답했지만 방이 지저분한 것에 놀라 깔아둔 채 방치해 둔 이불에 떨어져 있던 옷을 동그랗게 말아 벽장에 던져 넣었다.

아이자와 씨는 2층에 거의 올라오지 않는다.

아니, 사실 여기에 온 지 3개월이 조금 넘는데 한 번도 안 올라왔던 것 같다.

기본적으로 지금까지도 늘 1층에서 생활했었는지 2층에 갈 일이 없다고 했었다.

"미안해요, 그럼 실례 좀 할게요."

아이자와 씨는 오른손에 두 개의 맥주를, 왼손에는 감자튀김을 들고 있었다.

내가 이미 맥주를 마시고 있는 걸 보고,

"아, 불꽃놀이 알았어요?"

라며 미소 지었다.

"불꽃이 보이더군요."

냉정하게 대답했지만 속으로 광희난무하고 있었다.

사실 전철 안에서 유카타 입은 사람들을 본 시점부터 아이자와 씨와 불꽃놀이를 볼 수 있으면 좋을 텐데… 생각했었다.

하지만 그건 어려울 거라 생각했는데 기쁘다.

아이자와 씨는 그럼 실례합니다… 라며 방으로 들어왔다.

"사실 이 집에서 보이거든요. 이 베란다에서 불꽃이 보이는데 가을이 되면 반대편 불꽃도 보여요. 완전 이득이죠."

그러면서 맨발로 베란다로 나왔다. 그리고 갖고 온 감자튀김을 바닥에 내려놓는다.

그러고서 무릎을 세우고 앉아 나를 보고선 생긋 웃는다.

"왠지 오랜만에 보는 기분이네요."

그러고서 고개를 갸웃거리니 틀어 올린 앞머리가 달랑거린다.

아아, 내가 아는 아이자와 씨다.

"그러게요, 수고가 많으시네요."

라고 냉정하게 대답했다.

하지만 오랜만에 만난 기쁨에 자연스레 입꼬리가 올라가고 만다.

아이자와 씨는 바지 주머니에서 뭔가를 꼬물꼬물 꺼냈다.

그건 패스트푸드의 치킨 너겟을 사면 주는 소스였다. 그걸 뜯어 감자 튀김에 찍어 먹는다. 그리고 감자튀김 접시를 내게 보여준다.

"이거 찍어서 먹으면 진짜 맛있어요. 맥도날드에 갈 때는 하나 더 사서 집에 비축해 두거든요. 드세요."

"…그럼 잘 먹겠습니다."

하나 먹어보니 레인지에 돌린 흐물거리는 감자튀김도 맛있게 느껴졌다.

아니, 아이자와 씨와 같이 먹으면 뭐든 맛있다는 건 이미 알고 있었지만.

아이자와 씨는 맥주를 시원스레 들이켜더니,

"지난 며칠 동안 잠자는 시간을 줄여가며 그린 덕분에 겨우 만회했어요. 입고 기일에 맞출 수 있을 것 같아서… 이렇게 와버렸네요."

라며 감자튀김을 하나 입으로 가져간다.

나는 "기한에 맞출 수 있다니 다행이네요"라고 조용히 대답했다.

아이자와 씨 뒤쪽에서 작은 불꽃이 올라가는 것이 보였다.

하늘이 천천히 오렌지색에서 짙은 밤으로 변해가는 베란다. 안쪽에 작게 보이는 타마강의 불꽃은 멀리 피는 꽃과 같았고, 눈부시게 빛나는 게 아름다웠다.

여름의 미지근한 바람이 조금 늦게 불꽃과 소리를 전해준다.

멀리서 울리는 펑… 하는 소리가 기분 좋았다.

아이자와 씨가 맥주를 마시며 이야기했다.

"…우리 본가는 여관이어서 연회나 축하할 때 쓰려고 북이 있거든요. 나 그 북소리랑 진동을 좋아했어요. 피곤해도 그 소리를 들으면 피로가 싹 가시더라고요. 잘은 모르겠지만 불꽃도 그 생각이 나요."

나는 그 말을 듣고 얼마 전에 읽은 책을 떠올렸다.

"그건 배음이라고 예부터 사람들을 치유하는 소리예요."

"아아… 배음, 알아요."

아이자와 씨의 맞장구가 기뻐서 나는 등을 곧게 폈다.

"옛날에 뉴욕에서 열린 성명(주13) 공연에서 몸이 안 좋아진 사람이 많이 있었는데, 그건 배음에 익숙하지 않아서 그랬을 거다…… 라는 말이 있어요. 우리 일본인은 예부터 노 등을 통해 배음을 들어왔지만, 익숙하지 않으면 매우 불쾌하게 느낀대요. 그처럼 배음은 진동의 일종이기 때문에 몸에 주는 영향도 크다고 하는데 아직 확실히 알려진 건 없지만 컨디션을 좋게 만드는 데 배음이 쓰이는 시대도 오지 않을까요…."

나는 기본적으로 오타쿠에 음악을 좋아하기 때문에 말을 멈출 줄 모른다.

기분 좋게 이야기하는데 툭… 하고 아이자와 씨가 몸을 기대왔다.

"?!"

나는 그대로 굳어버렸다.

아이자와 씨의 왼쪽 어깨와 내 오른쪽 어깨가 맞닿아 있다.

그리고 그 거리는… 매우 가까웠다.

눈만 움직여 상황을 확인하니 완전히 눈을 감고서 새근새근… 숨소

주13) 성명(聲明): 불교 의식에서 곡조를 붙여 송문 등을 읊는 것.

리를 내고 있었다.

상황을 통해 짐작하건대 내 이야기가 너무 길어서 아이자와 씨가 잠들어버린 것 같다.

내가 얼마나 오래 떠든 거야.

그리고… 어떡하지.

이대로 자게 두고 싶지만 여긴 밖이라 감기에 걸릴지도 모르는데.

아무리 한여름이라도 베란다는 바람이 불어서 조금 썰렁하다.

그러니까 움직여서 방에서 편히 자게 해주고 싶은데… 움직이면 깨겠지. 조금만 더, 깨우고 싶지… 않았다.

내 오른쪽 어깨에 닿은 아이자와 씨의 왼쪽 어깨는 가볍고 부드러웠다.

그리고 서서히 체온이 전해져 왔다.

사실 체온을 느낀 건 이게 처음이다.

아니, 결혼 계약을 했을 때 악수를 했던가.

그래, 접촉을 하긴 했네.

나는 과거로 의식을 보내 가까스로 냉정을 지켰다.

몸을 움직이지 않으려 조심조심 눈만 움직여 아이자와 씨를 보니 감은 눈 위에… 작은 점이 있었다… 우와… 속눈썹 길어….

그 순간, 아이자와 씨가 눈을 떴다.

"!!"

"…미안해요, 잠들었었네요."

나는 보고 있던 걸 들킬까 봐 황급히 시선을 돌리고 자세를 바로했다.

아이자와 씨는 후아아암… 하품을 한 뒤 맥주를 마셨다.

"불꽃 소리와 타키모토 씨 목소리가 세트로 잠을 부르네요. 배음인

가요. 노는 한 번 본 적 있어요."

  그렇게 말하며 미소 짓는다.

  나는 왠지 기뻐서 손에 들고 있던 맥주를 들이켰다.

  어깨에는 아직 은은하게 아이자와 씨의 체온이 남아 있었다.

■제21화 심야의 밥

"냉동 만두도 냉동 우동도 냉동 밥도 냉장 생선도, 아무것도 없어… 끝이야…."

나는 텅 빈 냉장고 앞에 망연히 서 있었다.

가만히 생각해 보니 지난 주말은 와라비의 이벤트를 돕느라 주문을 못 했다. 그러니 있을 리가 없지.

오늘은 꼭 빨리 작업하고 싶어서 단팥빵 하나로 대충 때우고 원고 작업을 했었다.

그리고 22시, 배가 고파졌는데 이 상태다.

밥을 할까도 싶었지만 40분이나 기다리고 싶지 않았다.

건면을 삶을까도 싶었지만 스우동을 먹고 싶은 기분도 아니다.

히야얏코와 맥주로 때우자… 고 생각하며 냉장고를 열었더니 늘 마시는 맥주가 없고 오렌지맛의 특이한 지역 맥주? 가 있었다.

"왜 이 타이밍에 너밖에 없는 거니…."

나는 한숨을 쉬었다.

오렌지맛이나 자몽맛 맥주를 좋아해서 사긴 하지만 그건 두 번째로 마시고 싶은 거지 배고픈 지금은 아니야!!

이 시간이라면 편의점에서 사와도 괜찮을 것 같았다.

뭐든 좋으니까 맛이 진한 음식을 먹고 싶어서 얇은 겉옷을 걸치고 샌들을 신고 현관을 여는데 타키모토 씨가 돌아왔다.

"외출하세요?"

"어서 와요, 타키모토 씨."

나는 방해되지 않게 일단 현관에서 물러났다.

손에 커다란 가방을 들고 있는 걸 보니 라이브에 갔다 왔나 보다.

전에 "양복 입고 라이브 보러 가요?" 라고 물었더니 "아침에 로커에 갈아입을 옷을 넣어둬요" 라고 해서 이해했다.

회사에서 직접 오타쿠 활동을 하러 갈 수 있다니 부럽네. 나는 늘 바다 옆까지 가야 하는데. 도쿄를 횡단해야 하기 때문에 거리가 제법 된다.

내가 인사한 뒤 밖에 나가려는데.

"아, 밖에 비 오던데. 샌들 말고 다른 거 신는 게 좋을걸요."

"외출 관뒀어요."

나는 바로 현관으로 돌아왔다.

그 언덕길은 비가 오면 미끄럽고 올라올 때는 폭포수 같은 물이 흘러내려와 신발이 젖는다.

그냥 스우동이나 먹자….

나는 겉옷을 벗으며 말했다.

"냉장고에 아무것도 없어서 뭐 좀 사올까 했는데 됐어요."

"그랬군요. 지금 규동 만들 건데 조금 드실래요? 아, 밤에 규동은 좀 무겁다면…."

"규동?! 직접 만드는 거예요?!"

"간단한걸요. 만들기 쉬워요. 전 규동 고기를 우동에 올려서 규동우동으로 먹는데…."

"!! 스우동 갖고 2층으로 올라가도 되나요?"

"아뇨, 저도 우동을 삶을 거니까 괜찮으면 같이 2층에서…… 드실래요?"

"그래도 돼요?!"

"그럼 좀 치우고 올게요."

"네!"

나는 겉옷을 걸어두고 부엌으로 돌아갔다.

식사를 만들어준다면 뭔가 선물을 가져가야겠다… 싶어서 냉장고를 보는데 아까부터 말했지만 텅 비었다.

그럼 며칠 전에 온 야쿠자가 아이돌 활동을 하는 만화를 가져가자! 나는 책장에서 3권까지 꺼냈다.

하지만 책을 들고 생각했다. 밥을 대접해주는 데 대한 답례가 만화를 빌려주는 거라니, 이래도 될까.

최소한 도와주는 자세라도 보여주는 게 어른이지 않을까?

나는 계단 아래에 서서 말을 걸었다.

"타키모토 씨— 요리 도와줄까요—?"

"간단한 거라 괜찮은데… 다 치웠으니까 2층으로 오셔도 됩니다."

그 말을 듣고 일단 만화를 3권까지 챙겨 2층으로 올라갔다.

며칠 전에 타키모토 씨가 집에 온 뒤로 처음 2층에 올라갔었는데 창고였던 2층이 '사람이 사는 공간'으로 변한 것에 조금 감동했었다.

굉장히 깔끔하게 쓰고 있어서 정말 다행이었다.

지금까지 아무도 안 살았기 때문에 발소리나 생활음이 신경 쓰일 줄 알았는데 정말 있는지도 알 수 없을 만큼 조용했다. 타키모토 씨가 동거인이라 다행이야.

2층으로 올라가자 타키모토 씨는 벌써 실내복으로 갈아입고 요리를 하고 있었는데 좋은 냄새가 났다.

작은 냄비에는 육수가 끓고 있었고, 안에는 양파가 들어 있었다.

타키모토 씨는 팩에서 소고기를 꺼내 삶기 시작했다.

단숨에 갈색의 신의 액체로 변한다.

"규동이 되었어요!"

"간단해요. 포인트는 맛있는 소고기를 사오는 것뿐이죠."

맛있는 소고기는 비싸지 않나? 슬쩍 옆에 놔둔 빈 팩을 보니 흑모 와규 7백 그램에 1200엔!

싸네!! 하지만 앞에 적힌 가게 이름은 낯설었다.

타키모토 씨는 내가 보는 걸 알아차렸다.

"산 반대편으로 내려가면 홈센터가 있는데 거기 있는 슈퍼예요. 가본 적 있어요?"

"그쪽으론 안 가요. 갈 일이 없거든요."

"그렇군요. 홈센터 안에 가게가 있는데 고기가 싸고 맛있답니다. 모 치부타라는 돼지고기도 맛있고 좋더군요."

"타키모토 씨, 요리하는군요. 난 냉동식품에만 의지하는데."

타키모토 씨는 아하하, 하고 가볍게 웃었다.

"기본적으론 잘 안 하지만 맛있어 보이는 고기를 싸게 팔면 사게 되 긴 하죠."

"그건 사야죠—!"

나도 동의했다. 작은 부엌에는 2개의 가스레인지가 놓여 있었는데 하나에는 우동을 삶기 위한 물이 끓고 있었다.

사발에는 수프가 들어 있었고, 전기 포트에도 물을 끓이고 있었다.

도와줄 필요는 없어 보였다.

뒤를 돌아보니 타키모토 씨가 냉장고에서 파를 꺼내기에 받아서 썰 기로 했다.

옆에서 타키모토 씨가 냉장 우동을 삶고 있다. 그 가벼운 수증기에 마음이 춤을 춘다.

아아, 이렇게 제대로 된 식사를 하는 건 오랜만인 것 같아.

솔직히 원고하느라 급급했던 일주일 동안 밥을 지은 적이 없습니다.

밥을 지으면 밥그릇과 솥과 밥주걱을 씻어야 하잖아.

그럴 시간이 있으면 원고나 하고 싶다.

아니, 시간이 있을 때는 하지만 인생의 우선순위가 정해져 있기 때문에 그건 어쩔 수 없는 일이다.

삶은 면을 물에 씻는 사이에 나는 사발에 뜨거운 물을 부었다.

그러자 타키모토 씨가 사발 안에 우동을 넣어주었다. 그 위에 고기를 올린다.

그리고 규동의 육수도 조금 넣어주었다. 아아, 그렇게 죄 많은 육수를… 더 주세요!!

위에 잘게 자른 파를 파라락…… 스우동 위에 규동이 올라간 모양새다….

"규동우동이다."

"먹을까요?"

"네!"

나는 두 손을 모으고서 잘 먹겠습니다, 하고 작게 말한 뒤 바로 한 입입에 넣었다.

그것은 우동 육수의 맛인데 고기 수프가 섞여서 최고로 맛있었다.

심심한 스우동이 호화로운 드레스를 두르고 춤을 추는 듯한 심오한 맛…!!

같이 넣은 양파는 오래 졸이지 않은 덕에 아삭아삭하고 달아서 우동하고는 또 다른 식감을 더해줬다.

그리고 규동에는 생강을 많이 넣었는지 향긋한 향이 식욕을 자극했다.

나는 꿀꺽 입에 든 우동을 삼키고 다시 입을 벌렸다.

"…타키모토 씨, 최고로 맛있어요."

"다행이네요. 밤늦은 시간이면 밥보다 우동이 더 동하죠."

"이 고기 굉장히 부드럽고… 맛있어요…."

"3백 그램만 썼으니까 남은 건 냉동해서 다음 주에 다시 만들게요. 남은 규동이랑 이 육수를 카레에 넣으면 정말 맛있답니다."

"그거 확신범이잖아요!!"

"조금 전에 깨달았는데요, 주말에 후쿠오카에 가서 집에 없을 거거든요. 괜찮으면 남은 걸로 카레 만들어서 두고 갈 테니 드실래요?"

"!! 그런 걸 얻어먹어도 되나요?! 주말이 마감이라 그래주면 너무 기쁘긴 한데요."

"맛있는 육수만 남기긴 그러니까요. 먹는다면 만들어놓고 갈게요. 닭 가슴살 수프도 남은 거 있으니까 양파 잘라 넣으면 카레는 금방 만들 수 있어요."

그거 너무 완벽한 거 아닌가?

나는 젓가락을 내려놓고 고개를 들었다.

"타키모토 씨, 결혼해주세요."

타키모토 씨는 윽… 하고 목에 우동이 걸렸는지 가볍게 헛기침을 했다.

그리고,

"어… 이미 했잖아요."

라며 쓴웃음을 지었다. 나는 다시 젓가락을 들고 고개를 끄덕였다.

"그랬죠, 그랬네요. 정말… 주말 마감에 카레가 있다니, 살 것 같아요."

"그거 다행이네요."

너무 훌륭해서 다시 프러포즈를 하고 말았다.

내가 가지지 못한 재능을 가까이 있는 사람이 갖고 있다니, 어떻게 안 반하겠어.

밥을 효율적으로 맛있게 만들 수 있는 건 너무나 멋진 일이다.

주말에 카레가 있다면 밥 잔뜩 지어서 사흘 동안 먹어야지.

나는 규동우동을 국물까지 모두 비운 뒤 설거지를 하고 인사한 뒤 1층으로 돌아갔다.

배가 든든한 게 너무나 행복했다.

지금이라면 저 오렌지 맥주도 맛있게 먹을 수 있을 것 같다.

나는 그걸 열어 들고 원고 앞으로 돌아갔다.

한 모금 마시자 예상한 그대로의 맛이 느껴졌지만, 빗소리가 기분 좋아서 2층에서 들려오는 디저로즈의 노래를 조용히 흥얼거렸다.

조금만 더 힘내서 원고해보자!

■ 제22화 좋아해, 좋아해, 좋아해

"좀 더 앞쪽에 나올 줄 알았는데 한가운데였네."

나는 기억을 떠올리며 회를 먹었다.

"예상보다 좋은 대접을 받아서 참 다행이야."

카타쿠라도 만족스럽게 맥주를 입으로 가져갔다.

지금 나와 카타쿠라는 후쿠오카에 있다.

무사히 패션쇼를 관람하고 행복하게 술을 마시고 있었다.

후쿠오카의 회는 맛이 없는 게 없다.

역시 바다 근처는 좋은 곳이야.

"여자들이 많더라… 양옆에 여자가 있는 이벤트는 신경을 쓰게 돼서 피곤해."

나는 가볍게 어깨를 돌리며 스트레칭했다.

아키하바라의 라이브장에는 90퍼센트가 남자이기 때문에 오늘처럼 여성에게 둘러싸이는 데엔 익숙하지 않고 아무래도 내가 이물질인 것 같은 기분이 들어서 괴롭다.

"타키모토 너 결혼했잖아? 여자가 낯설지는 않을 텐데."

카타쿠라는 텐푸라를 무즙에 찍으며 말했다.

사실 주소가 바뀐 것도 있어 결혼했단 사실은 알렸지만 자세한 이야기는 말하지 않았다.

"아니… 사실 내 결혼은 좀 특수하거든."

카타쿠라는 일과도 상관없고 디저로즈 운영진과 논쟁을 벌일 정도로 머리 회전이 빠른 데다 수백 명의 팬을 관리하는 힘이 있어 나는 그 점을 높이 사고 있었다.

그래서 술도 마신 김에 나는 지금까지의 사정을 카타쿠라에게 말하기로 했다.

　사실 최근 들어선 아이자와 씨가 너무 좋아서 괴로웠다.

　"뭐? 그러니까 뭐야, 타키모토 넌 아이자와 씨를 계속 좋아했는데 아
이자와 씨는 널 좋아하지 않는다고?"
　카타쿠라는 독신이다.
　흔한 한계 오타쿠와 같은 풍모가 아니고, 옷도 깔끔하게 입는 데다
생긴 것도 평범하기 때문에 알바 가게의 여자애들에겐 인기가 있는 것
같았다.
　하지만 지금은 디저로즈에 푹 빠져서 누군가와 사귀는 데 있어 제일
필요한 시간이 없는 것 같지만.
　카타쿠라는 내가 서로 좋아해서 행복한 사내 연애 후 결혼을 한 거라
고 생각했기 때문에 재미있어졌는지 능청스레 웃었다.
　"아니, 싫어하진 않는 것 같은데."
　"물론 싫어하는 사람과 같이 살진 못하겠지~. 평범한 부부가 되기
싫어?"
　나는 카타쿠라가 말한 '평범'하다는 말을 별로 좋아하지 않는다.
　백 명의 사람이 있다면 백 가지의 '평범함'이 있지 않을까. 하지만 굳
이 여기선 말하지 않았다.
　나도 '평범한 부부'를 그릴 줄은 알았다.
　"그것도 좋지만… 지금이 너무 행복하단 말이지…."
　"뭐야, 결국 자랑하는 거네! 그럼 문제 될 거 없잖아!!"
　카타쿠라는 막 나온 닭튀김을 질겅질겅 씹어 먹으며 소리쳤다.
　나도 닭튀김을 한입 깨물고 맥주를 마신 뒤 술잔을 쿵 내려놓았다.

"내 말 좀 들어보라고. 금요일 밤에 같이 규동우동을 먹었거든. 내가 만들었는데. 그랬더니 '타키모토 씨, 결혼해주세요'라는 거야… 이미 했는데, 너무 귀여워….."

나는 머리를 감싸쥐며 탁자 위에 쓰러졌다.

그날 밤 일을 나는 자꾸만 떠올리고 있었다.

내가 쓰는 건 작고 낮은 탁자인데 늘 내가 앉는 자리에 아이자와 씨가 앉았다는 사실만으로도 기뻤다.

내 방석 위에 정좌하고 앉아 가지런히 손을 모은다.

긴 손가락과 굳게 감은 눈.

그리고 뺨을 붉히며 우동을 먹으면서,

'결혼해주세요'라니, 믿어지지 않을 만큼 기뻤다.

너무 신이 난 바람에 완전히 거동 불순자가 되어 목에 우동이 걸려 솔직히 토할 뻔했다.

내가 하아… 하고 여운에 잠겨 있는데 눈앞에서 카타쿠라가 쿵 하고 맥주잔을 내려놓았다.

"야, 타키모토. 내가 한마디 해도 될까? 그거 밥이 맛있어서 그런 거 아니냐?"

"그럴, 가능성이, 크지. 아이자와 씨라면, 아주, 크지."

역시 카타쿠라다. 아마 정답일 거다.

아이자와 씨는 맛있는 걸 무척 좋아하는 것 같다.

오기 전에 카레를 냄비째 건넸더니 아기처럼 소중히 끌어안고서 눈을 빛내며 배웅해주었다.

몇 달을 보며 생각한 건 아이자와 씨는 음식을 잘 안 챙겨 먹는 사람이란 것이었다.

며칠 전에도 안색이 안 좋아서 괜찮으냐고 물었더니,

"그러고 보니 오늘은 사탕밖에 안 먹었네요. 배가 고프군요."

라고 해서 뭐라도 먹겠지… 했는데 천천히 이불을 바꾸더니 그러다 지치고 졸리기 시작했는지 커버도 씌우지 않은 이불 한가운데에서 잠 들어버렸다.

뭐 하는 건지 잘 모르겠다….

회사에선 굉장히 딱 부러지는데 집에선 마치 제멋대로인 동물 같다.

아니, 그런 아이자와 씨는 나밖에 모르니까 정말 좋아하긴 하지만.

"계속 맛있는 음식을 제공하면 되나?"

"밥 짓는 아저씨 포지션으로 만족한다면 괜찮지 않겠어?"

"웃는 모습을 볼 수 있다면 그래도 좋긴 한데."

카타쿠라는 "그게 뭐야"라며 쓴웃음을 지었다.

그런데 나는 아이자와 씨와 어떤 사이가 되고 싶은 걸까.

지금까지 아이자와 씨 일로 상담해본 적이 없어서 소리내어 말해본 적이 없었다.

하지만 막상 말로 하고 생각해보니 알 것 같았다.

밥 짓는 아저씨라도 좋다. 가까이 있을 수만 있다면.

"나는 아마도 나 자신을 사랑받는 남자가 아니라고 생각하는 것 같아."

"야, 그렇게 나약해빠진 소리 좀 그만할래? 맥주가 맛없어지잖아."

"세상에는 돈도 더 잘 벌고, 일도 더 잘하고 돌덕이 아닌 남자가 많이 있을 거잖아."

"그만… 그만해애앳…!!"

"하지만 아이자와 씨는 나와 결혼해줬잖아."

"결국 자기 자랑하는 거네. 그건 더 하지 마."

"나는 이대로 계속 같이 있고 싶어. 내가 아이자와 씨를 좋아하는 채로 같이 있는 걸 허락해주면 좋겠어."

"타키모토… 너… 요즘 세상엔 순정만화에서도 그런 순수한 이야기는 없잖아?! 마셔!!"

카타쿠라는 과하게 흥분하면서 맥주를 추가 주문했다.

하지만 그건 순수하다거나 그런 아름다운 감정이 아니라.

좋아하는 걸 들켜 지금의 관계가 무너질까 무서워하는, 겁쟁이이기 때문이다.

일반적인 사람이라면 자길 좋아하는 남자가 2층에 사는데 옆에서 겁도 없이 잠들었다가 덮치기라도 하면 어떡하나… 경계할 거다.

아이자와 씨가 나와 결혼한 이유는 '오타쿠 동료라서 둘러대기 좋아서'이다.

너무 감정이 고조되면 아이자와 씨를 만지게 될지도 모른다.

만지면 끝이다….

"무섭게 싫어할 것 같아서 두려워…."

"더럽게 기개 없는 소리 하고 자빠졌네."

어쩔 수 없다.

나는 신뢰보다 공포가 더 클 정도로 아이자와 씨를 좋아하니까.

실컷 마시고 대화를 나눈 뒤 우리는 해산했다.

그리고 호텔에서 1박 한 뒤 아침 첫 비행기를 타고 도쿄로 돌아왔다.

근무 시간에는 여유롭게 도착할 수 있었다. 역시 비행기를 이용하면 후쿠오카는 가깝다.

어제 야간 버스를 탄 카타쿠라는 아직 나고야인데 『허리가 아파. 여기서부턴 신칸센 타고 싶어』라고 울고 있었다. 그 심정은 충분히 이해가 갔다.

출근하자 이 날은 마침 한 달에 한 번 열리는 정례회의 날이었다. 이번 달은 당번이 아니어서 제일 뒷자리에 앉았다.

여전히 사장님 이야기는 졸리고 어둡다.

마침 잘 됐다. 아침부터 지쳤으니 몰래 숨어서 잠이나 잘까… 싶어 팔짱을 끼는데 가슴팍에서 핸드폰이 진동했다.

LINE을 보낸 상대는 아이자와 씨였다.

『어서 와서요. 카레 맛있게 잘 먹었어요.』

슬쩍 고개를 들자 디자인과 제일 안쪽에 앉은 아이자와 씨가 보였다. 그리고 눈가만 미소를 짓고 있었다.

『다행이네요.』

나는 심플하게 답했다.

밥 짓는 아저씨라도 괜찮냐?! 라고 했던 카타쿠라의 말이 귓가에 맴돈다.

바로 읽음으로 바뀌더니 다음 메시지가 왔다.

『오랜만에 이틀 동안 혼자 있으니 집이 넓게 느껴지더라고요. 원고도 다 마쳤으니까 오늘은 집에서 한잔 하지 않을래요?』

나는 그 문장을 보고 핸드폰을 움켜쥐었다.

사랑받을 자신은 없다.

하지만 내가 없어서 '집이 넓게 느껴졌다'고 말해주는 사람과 함께 있을 수 있다면 아무래도 상관없어.

나는,

『그리고 보니 백화점 지하에서 맛있어 보이는 로스트비프 파는 곳을 찾았어요.』

라고 입력했다.

어둠 너머, 아이자와 씨의 얼굴이 불쑥 솟아나더니 미소를 짓는다.

자, 일을 정시에 끝내고 집으로 돌아가자.

■제23화 지옥의 통지

"후아아… 잘 잤다."

나는 침대 위에서 데굴데굴 굴렀다.

오늘은 토요일로 타키모토 씨도 후쿠오카에 갔기 때문에 집에는 나밖에 없다.

프리덤! 인 것 같지만 솔직히 그만큼 타키모토 씨가 집에 있는지 없는지는 의식한 적이 없다. 오히려 의식하지 않게 해주는 타키모토 씨가 대단하단 생각은 하지만.

그나저나 지금 몇 시지.

나는 핸드폰을 가져와 화면을 보고 소리쳤다.

"착신 26건… 안 읽은 LINE이 84개!!"

순간 머리에 떠오른 것은 타키모토 씨에게 무슨 일이 생겼나?! 였다.

가족이니까 무슨 일이 생기면 제일 먼저 나한테 연락이 올 테니까.

사고를 당했다든가?

바로 로그인하자,

"엄마였구나—."

핸드폰을 던졌다.

완전히 무음으로 해뒀던 내가 신이었어.

지난 휴일에 착신음을 안 꺼뒀다가 아침에 깨서 싫은 일을 겪었기 때문에 그 뒤로 쉬는 날이면 계속 무음 모드다.

타키모토 씨한테서도 LINE이 있었다.

『무사히 후쿠오카에 도착했습니다.』

다행이다. 나는,

『잘 즐기고 오세요.』

라고 답했다. 타키모토 씨가 LINE을 보낸 게 10시고 내가 읽은 게 13시.

일어난 시간이 훤히 보이는 시간대라서 조금 부끄러웠다.

하지만 연락을 잘 해준 덕에 안심이 됐다.

"…하아~."

남은 건 엄마가 보낸 LINE이다.

이건 왠지 읽길 기다리고 있는 것 같단 예감이 들었다.

읽자마자 전화를 걸어올 거다.

화면에 표시된 제일 위의 내용만 보면 『아직도 자니?!』였다.

흐아아… 이걸 13시인 지금 읽으면 완전 늦잠 잔 걸 들키게 되잖아.

그래, 핸드폰 보는 걸 까먹었다고 하자!

나는 핸드폰 전원을 끈 뒤 내던졌다.

가방 안에 넣어놔서~ 충전하는 걸 까먹었네~ 하나도 못 봤어요~.

배는 고프지만 애들은 이미 연락하면서 원고를 하고 있을 것 같았다.

나는 컴퓨터를 켜고 Twitter에 『안녕―』이라 썼다.

그러자 바로 와라비가 대화방에 초대했다.

휴일엔 늘 통화를 하면서 작업한다.

그러니까 전화를 끊지 않는 건데 쉬지 않고 떠드는 건 아니다.

잡담을 하면서 작업을 하는 거다.

개인적으로는 이 방식일 때 제일 농땡이 부리지 않고 원고 작업을 하게 된다.

『점심 먹었어요―?』 와라비가 물어왔다.

"L피자라도 주문해서 두 번 나눠서… 아! 잠깐만, 밥 좀 하고 올게.

신의 카레가 있었지."

『그게 뭔데요?』

와라비의 목소리에,

"잠깐만~."

하고 외친 뒤 나는 부엌에 가서 오랜만에 밥솥을 열었다.

밥솥아, 참 오랜만에 보는구나. 거의 열흘 만에 쌀을 넣고 10인분으로 밥짓기 스타트!

그리고 컴퓨터룸으로 돌아와 다시 통화했다.

"타키모토 씨가 카레 만들어줬거든. 엄청 맛있어 보이는 거 있지! 직접 만든 규동 남은 육수를 넣어서 만든 거야."

『네, 지금 그릇 갖고 갈게요.』

"안 와도 돼. 내 거야. 그보다 와라비, 주말 마감이잖아. 그려야지!!"

『그렇죠… 쿠로이 씨한테 가면 계속 영화 보고 게임하다 끝나죠.』

"맞아."

나와 와라비는 취미가 너무 잘 맞는다.

와라비가 좋아하는 건 기본적으로 나도 좋아하게 되고, 그 반대도 마찬가지다.

서로를 늪에 빠트리는 사이여서 합동책은 몇 권을 냈는지 모른다.

그림체로 따지면 나는 리얼계에 가깝고 와라비는 귀여운 쪽이다.

서로 존중하면서도 죽이 척척 맞는다.

『타키모토 씨랑 식사도 같이 해요?』 와라비가 묻는다.

"집에선 거의 같이 안 먹지. 둘 다 바쁘잖아. 지금도 후쿠오카 가서 없어."

『편해서 좋네요~. 진짜 쿠로이 씨 결혼 생활 부러워. 나는 지옥 결혼 확정 수준인데.』

"아아~ 의사와 결혼하는 거 정말 정해진 거야? 완전 우울하겠다."

『완전 인싸거든요. 진짜 큰일이에요. 내가 오픈카 타고 아이묭 노래 부르는 거 보면 못 본 척해줘요.』

"아니, 인싸는 아이묭을 듣나? 하마사키 아유미 아냐?"

『쿠로이 씨, 진짜 20년 전 얘기는 그만하면 안 되겠습니까?』

"하아~ 배고프다~ 밥 아직 안 됐나~."

와라비의 집은 산을 여러 개 가진 유서 깊은 가문으로, 말하자면 재벌 계열이다(자세한 이야기는 못 들었다).

하지만 집안 관계상 여러 사정이 있어서 의료계? 의사계? 쪽 부자? 와의 결혼을 바라고 있어서 이미 여러 번 맞선 자리가 세팅되었다고 했다.

부자도 편하지 않네.

아니, 오타쿠 생활할 때는 편하겠지만.

대화를 나누며 작업하고 있다 보니 저 멀리에서 귀에 익은 듯한… 혹은 아닌 듯한 소리가 들려왔다.

이건 그거다….

"집 전화!!"

『아, 그럼 이따 다시 연락할게요.』

"아냐아냐, 안 받아도 돼…."

라고 했을 때 이미 와라비는 통화를 끊은 뒤였다.

하아아~. 우리 집 전화 아직 안 없앴었구나.

핸드폰을 주로 이용하게 된 뒤로 존재조차 잊고 있었는데.

우리 집 인터넷은 모두 케이블 TV에 의지하고 있는데 전화도 한 달에 200엔이면 설치할 수 있어요! 라는 영업에 넘어가 설치한 게 몇 년 전이더라.

저게 울린 게 몇 년 만이지.

게다가 받지 않아도 누가 걸었는지는 이미 알고 있다.

하지만 안 받으면 집 전화가 끊이지 않고 울린다.

"…네."

"사츠키~?! 내가 몇 번을 전화했는지 아냐?! 핸드폰 좀 보고 살아! 무슨 일 생기면 바로 연락이 갈 건데 그 정도는 가족으로서 당연히 챙겨야 하는 거 아니니?! 왜 유일한 연락 수단인 핸드폰을 안 보는 거야?! 나한테 무슨 일 생기면 어쩌려고?!"

오빠가 알아서 해결하지 않겠어? 라고 말하면 죽일 테니까 작은 소리로 "네" 라고 대답했다.

"올여름 휴가에 내려올 때 타키모토 씨도 같이 오니? 며칠 자고 갈 거야? 타키모토 씨도 같이 자고 갈 거니? 그걸 물어보려고 그렇게 불이 나게 전화를 했는데 왜 무시하는 거니? 그걸 이 시기에 매년 확인하고 있잖니? 그 정도도 모르니?!"

그러고 보니 이제 곧 여름이라 귀성해서 일을 도와야 하는 악몽 같은 일주일이 다가온다.

매년 마음이 무거워서 두 달쯤 전부터 위가 아파오는데 올해는 잊고 있었다.

'결혼해라'는 말을 안 들어도 된다는 편안함 때문일까.

"올해도 갈게요. 타키모토 씨도 인사하고 싶다니까 같이 갈 거예요. 기간은 몰라요. 타키모토 씨 일도 있어서."

"알았다!!!!"

그렇게 소리치고서 전화는 일방적으로 끊겼다.

하아아아~.

나는 수화기를 내려놓고 전원을 뽑았다.

당장 해약해야지.

나는 핸드폰 전원을 켜고 케이블 TV에 전화해 유선전화를 즉시 해약했다.

일이 너무 늦어졌다.

그리고 입안에서 통증이 느껴졌다.

"윽, 구내염이다."

아니, 조금 전까지만 해도 없었는데.

이런 일이 있을 수 있나.

엄마와 통화하기 전까지 없었던 구내염이 겨우 몇 분 통화한 사이에 생기다니. 힘이 빠져 테이블에 쓰러졌다. 동시에 푸시익 소리가 취사가 끝났음을 알려왔다.

나는 타키모토 씨가 만든 신의 카레를 데워 먹기로 했다.

고기가 잔뜩 들은 데다 냄새도 무척 좋았다.

"잘 먹겠습니다."

옛날부터 아무도 없어도 손을 모아 인사를 하게 된다.

이건 생활 습관이다.

한 입 먹어보자 며칠 전 먹은 규동의 냄새가 은은하게 남아있는 데다 굉장히 깊이가 있고 맛있었다.

조금 전에 생긴 구내염이 저릿하긴 했지만.

"하아…."

설거지를 하면서 깊은 한숨을 쉬었다.

"으으, 아파….."

나는 구내염이 생긴 뺨을 쓰다듬었다. 구내염은 지난 며칠 사이에 상당히 커지고 말았다. 신경 쓰여 혀로 만진 바람에 통증이 더 커지는 악순환 상태다.

기본적으로 컨디션이 망가지는 경우가 적고 구내염은 앓을 일이 없다.

하지만 가만히 생각해 보니 매년 이 시기가 되면 앓았던 것 같다.

그러면 어딘가에 약이 있지 않을까…?

나는 부엌에 있는 선반을 몇 개 열어보았다.

하지만 나온 거라고는 과음했을 때 먹는 한약뿐이었다.

"무슨 일 있어요?"

부엌 선반을 뒤집기 시작한 내게 타키모토 씨가 찾아왔다.

오늘은 금요일이고 내일은 휴일이다. 그래서 타키모토 씨가 백화점 지하에서 새로 발견한 맛있는 로스트비프를 같이 먹자고 준비하고 있었다.

구내염에 대해 말하자 타키모토 씨는 슬픈 표정을 짓더니,

"저도 가끔 걸리는데 그거 아프죠. 잠깐만요."

하고 2층으로 올라갔다.

그리고 약과 무슨 스티커 같은 걸 갖고 돌아왔다.

"구내염에는 비타민 B가 잘 듣는데 이건 조금 독특한 상품으로 영양제도 들어 있어요. 이것저것 시험해봤는데 이게 제일 효과가 좋더라고요. 그리고 이건 구내염에 직접 붙이는 스티커예요."

"오오… 정말 고마워요?"

"이런 거 찾아보는 걸 좋아하거든요. 식사하기 전에 드세요."

"고맙습니다!"

타키모토 씨는 물을 챙겨주었다. 나는 알약을 삼켰다.

스티커를 붙일 때는 입안의 수분을 닦아내는 게 좋다고 해서 티슈로 닦아내려고 했지만 어두워서 잘 보이지가 않았다.

"잠깐만요. 핸드폰 손전등으로 비춰주면 잘 보이거든요. 현관 거울 앞에서… 이러면 어떤가요?"

타키모토 씨는 내 입안을 핸드폰 손전등으로 비춰주려고 했다.

하지만 입을 벌리고 거울 앞에 선 내게 핸드폰 손전등을 비춰주는 타키모토 씨… 라는 이 묘한 상황에 웃음이 터지고 말았다.

"아, 미안해요. 왠지 웃기네요."

"아, 죄송합니다! 거리가 너무 가까웠네요."

"아뇨, 왠지 입 벌리고 있는 모습을 사진으로 찍히는 것 같아서 웃겨서요. 세면대 가서 붙이고 올게요. 스티커 고마워요."

타키모토 씨에게 인사한 뒤 세면대에 가서 구내염용 스티커를 붙여보았다.

…음. 만져도 안 아프네. 이러면 먹을 수 있겠다.

부엌으로 돌아오자 타키모토 씨가 고개를 숙였다.

"억지로 강요해서 죄송합니다."

"아니에요. 이거 아주 좋은데요. 옛날엔 무슨 바르는 약을 썼던 것 같은데… 금방 떨어졌던 것 같거든요. 스티커 좋네요."

"이거 추천이에요. 효과 없으면 말해주세요. 체질에 따라 안 맞는 경우도 있고 문제에 대한 대처법은 하나만 있는 건 아니니까요. 빨리 편해지도록 다양하게 시험해봅시다."

"…그래요, 고마워요."

나는 미소 지었다.

…정말 냉정하고 상냥한 사람이야.

본가에 가는 건 정말 마음이 무겁지만 타키모토 씨가 함께라면 조금은 편할지도 모르겠다.

"마실까요!"

"네."

우리는 거실로 자리를 옮겨 맛있는 로스트비프와 맥주를 즐겼다.

구내염 스티커 덕분에 별로 아프지도 않아 오랜만에 음식을 즐길 수 있었다.

아~ 역시 부드러운 고기는 최고야….

■ 제24화 최중요 회사에 가다

"하아아~."

아이자와 씨는 현관 단차에 앉아 크게 한숨을 쉬었다.

앱이 택시 도착을 알려온다. 아이자와 씨 짐을 들고 밖으로 나가려는데 가방이 움직이질 않는다.

고개를 숙여 보니 아이자와 씨가 가방을 잡고 나를 가만히 올려다보고 있었다.

귀여워….

"…마음이 너무 무거워요."

"갈까요."

내가 미소 짓자 아이자와 씨는 다시 "하아아아~" 소리를 내며 가방을 놓았다.

가야 한다는 건 알고 있는가 보다.

오봉 연휴(주14)가 되어 아이자와 씨의 본가인 여관에 가는 날이 되었다.

우울해 보이는 아이자와 씨와 대조적으로 나는 꽤 기대가 되었다.

우선 둘이 함께 여행을 가는 게 처음이어서다.

같이 걸어서 집에 가거나 외출은 한 적이 있었지만 아침부터 밤까지, 그것도 일주일 가까이 같이 있을 수 있다니 솔직히 기대가 됐다.

보통 아무리 사이가 좋은 상대와도 일주일이나 여행을 간다면 지칠 텐데 아이자와 씨라면 거리감을 실수할 리도 없고 나도 그 부분은 최대한 분위기를 파악하고 행동할 생각이다.

걱정인 건 아마 한 방에서 자야 한다는 것이다.

주14) 오봉 연휴: 8월 15일을 전후하여 대략 일주일 남짓 이어지는 연휴.

"저, 아이자와 씨. 어디서 묵게 되나요?"

"여관 근처에 본가가 있는데 이제 내 방은 새언니랑 애들 방이 됐을 거예요. 그러니까 여관 어디에 종업원용 방 중 하나를 쓰게 되겠죠. 방이 좁아요. 기대하지 말아요. 하지만 타키모토 씨가 같이 가면 다를지도 모르겠네. 아니, 똑같으려나."

그렇구나.

좁은 방에서 둘이 같이 자게 되면 긴장될 테니 잠이 오는 약을 챙겼고, 며칠 전에 자는 모습을 녹화해 보기도 했다.

나는 코도 안 골고 투탕카멘처럼 꼼짝도 하지 않고 자는 것 같아서 안심했다.

아이자와 씨는 나와 같이 자는 것에 아무 위화감도 공포도 느끼지 않는 것 같아서 기쁜 듯도 하고 슬픈 듯도 한 미묘한 기분이었다.

재래선에서 신칸선으로 갈아탔다.

좋아하는 고기가 가득 들어간 도시락을 사왔는데… 눈앞에 놔뒀지만 아이자와 씨의 표정은 밝아지지 않았다.

나는 조금이라도 기운을 차리게 하려고 핸드폰으로 게임 사이트를 켰다.

"일주일 후에 돌아오면 그다음날이 월 리그매치네요. 또 같이 해요."

"에이트가 필요한 게임은 일주일을 플레이 안 하면 엄청 실력이 떨어지지 않나요? 그러니까 꼭 매일 하게 되는 건데… 변명이겠죠."

"어, 안 가져왔어요?"

나는 가방에서 게임기를 꺼냈다.

아이자와 씨는 그걸 보고 깜짝 놀랐다.

"…게임할 시간이 없을걸요."

"그럼 이동 시간에 놀까요. 요새 테트리스를 넣어봤는데 너무 진화해서 깜짝 놀랐답니다."

"…타키모토 씨, 되게 즐길 준비 만반이네요."

"iPad에는 영화를 20편 정도 담아왔어요. 아직 이거 안 봤잖아요, 닥터 에이트의 화려한 휴일."

"아─! 좋은데요. 같이 볼까요."

조금 기분이 좋아진 아이자와 씨는 소고기 도시락을 들고 입을 열었다.

"본가에 도착하기 전에 미리 말해두자면, 우리 엄마한테 말대답하면 백 배로 돌아와요. 그러니까 뭐라고 하면 '네'라고 대답하는 게 제일이에요."

"백 배로 갚아준다니 머리 회전이 빠르네요. 역시 아이자와 씨 어머님이신데요."

"타키모토 씨!!"

아이자와 씨는 내 왼쪽 어깨를 단단히 잡고서 나를 응시했다.

그 표정에는 범상찮은 결의가 담겨 있었다.

"우리 부모라고 칭찬한다거나 그럴 필요 진짜 없어요. 사마귀를 싫어한다는데 '그래도 사마귀도 눈은 귀엽잖아요'라고 하는 말은 필요 없다고요!"

"사마귀는 새를 잡아먹으니까 대단하잖아요."

"네… 사마귀는 장난 아니죠… 아니, 이게 아니라! 정말 일부러 칭찬 안 해도 돼요."

"…제가 빈말하는 거 본 적 있나요?"

"…하긴 잘 안 하긴 하죠. 그렇긴 한데…."

아이자와 씨는 납득이 안 된다는 얼굴이었지만 그래도 닥터 에이트를 보면서 식사를 하기 시작했다.

어머님이 머리 회전이 빠르다고 생각한 건 정말 빈말이 아니다.

사실 나는 이 여행 전에 아이자와 씨 주변에 대해 이것저것 조사를 해보았다.

아니, 스토커처럼 그런 게 아니라, 절대로 그런 게 아니라, 아무튼 조사했다.

여관은 상당히 크며 종업원 수는 3백 명, 온천 이름으로 조사하니 제일 위에 떠 있었다.

여행 사이트 평판도 꽤 괜찮은 편으로 좋은 여관인 것 같았다.

여사장 소개에 '아이자와 미츠코'란 이름과 사진이 실려 있었다.

이분은 사실 Facebook 계정을 갖고 있었다.

결혼 전의 성으로 링크를 많이 끊은 걸 봐선 여관 사람들에겐 알리고 싶지 않아 하는 것 같았다.

그래도 역시 '모두가 친구 Facebook'였다. 찾는 데 조금 고생하긴 했지만 줄곧 한 고장에서 살았으니까 동창회 태그를 통해 찾아 들어가 발견해냈다.

동급생 태그를 통해 어느 고등학교를 졸업했는지, 어떻게 지금 총요리장인 아이자와 씨 아버님과 만났는지, 두 사람의 첫 데이트 이야기까지 나왔다.

그리고 6년 넘게 성실하게 일기를 올리고 있었다.

6년 넘게 한 곳에 글을 올린다는 건 상당한 끈기가 필요하다.

그리고 문장은 매우 차분했다.

그건 냉정해지면 생각을 정리할 줄 아는 사람… 이란 말이다.

그 독선적인 말투는 계속해서 튀어나오는 말을 내뱉기 때문에 그러는 거다.

친구 기사도 꼭 공유하는 데서 배려가 느껴졌다.

Facebook 하나, 기사와 댓글 내용을 통해 만나본 적은 없어도 꽤 정확하게 '사람'에 대해 알 수 있었다.

모든 것을 종합적으로 본 결과, 내 안에서 아이자와 미츠코 씨는 상당히 머리 회전이 빠른 사람이라는 결론이 내려졌다.

이건 솔직히 아이돌에 대해 조사할 때 익힌 지식이다.

하지만 스토커는 아니다. 절대로 아니다.

비슷한 방식으로 일할 때도 써먹는다.

꼭 따내고 싶은 거래처 사장이 어떤 곳에서 자랐고, 뭘 좋아하며 어떤 사람들에게 둘러싸여 살아왔는지, 좌우명은 무엇인지.

철저하게 조사해 함락시킨다.

그게 내 방식이다.

"하아~ 고기 맛있어… 가기 싫다… 닥터 에이트가 우리 여관 사버리지 않을까요?"

"텐달러가 날아서 음식을 나르면 재미있겠네요."

"그런 거면 가고 싶다… 역시 가기 싫어….."

아이자와 씨는 고기를 우적우적 씹으며 한숨을 쉬었다.

아이자와 씨와 결혼한 뒤로 어머님은 내 안에서 '최중요 회사'로 등록되었다.

꼭 함락시키지 않으면 회사가(가정이) 기울기 때문에 당연한 일이었다.

키요카와 다음으로 5년 연속 영업 성적 2위인 내가 진지하게 함락시키러 나서고 있으니 안심했으면 좋겠다.

하지만 그런 말을 해도 아이자와 씨의 기분이 풀릴 리는 없을 테니 디저트로 슈크림을 꺼냈다.

"마롱의 슈크림이다!"

"보냉제를 넣어놨어요."

"맛있겠다…!"

아이자와 씨는 입에 생크림을 묻히며 미소 지었다.

언제까지고 이 미소를 보고 싶다.

나는 내 생각보다 이 여행을 기대하고 있었던 것 같다.

함락시키기 힘든 사장을 함락시키는 게 영업 업무에서 제일 즐거운 일이니까.

⑥
번외편
디저트
로즈

■번외편 당신은 나의, 단 하나의 샛별

"카타쿠라 씨, 옛날 사진 꺼냈네."

아카리의 말에 나… '논'은 의자째 이동해서 전단지를 보았다.

거기엔 아직 중학생이던 우리들… 막 데뷔한 디저트 로즈가 실려 있었다.

아카리는 트윈 테일에 커다란 별을 달고 있다.

나는 머리에 커다란 리본을 달고 누가 봐도 씩씩해 보이는 미소를 짓고 있다.

그리고 서 있는 장소가 눈에 익었던 나는 입을 열었다.

"이거… 선선 아니야?"

아카리는 고개를 들이대 사진을 다시 보더니,

"아아! 그렇네, 이거 선선 배경이네."

라며 웃었다.

이 사진이 찍힌 선선 전기는 아키하바라에 있는 7층짜리 전업사다. 하지만 1층만 전업사고 2층부터 4층까지는 모두 작은 라이브하우스다.

1층에서 8백 엔 정도 물건을 사면 그걸 표처럼 쓸 수 있다. 영수증을 보여주면 라이브를 볼 수 있는 특이한 장소.

적절한 가격의 물건이 AA 건전지다.

그래서 선선을 다니는 사람들은 늘 대량의 AA 건전지를 갖고 있었다는 이미지가 있다.

잘 알 수 없는 영업 방식으로 오래 버텼지만, 몇 년 전에 평범한 전업사로 새롭게 변모하며 라이브하우스는 사라졌다.

이 진한 녹색에 흰색 테두리 글자로 선선 전기라는 세로로 길게 쓴

명조체 글자….

"…선선 배경이네."

서로를 쳐다보며,

"그립다~."

라고 소리쳤다.

이런 옛날 사진을 갖고 있다니 카타쿠라 씨는 정말 관리능력이 대단하구나… 싶었다.

나는 예전 전화기에만 있어도 사진을 꺼내볼 줄 모르는데.

애초에 예전 전화기가 어디 있는지도 모른다.

"오늘 16시부터 스테이지 6에서 디저트 로즈 라이브가 있습니다! 꼭 보러 와주세요—!"

대기실로 빌려 쓰는 작은 방 창문을 통해 밖을 살펴보자 카타쿠라 씨가 큰소리로 외치며 전단지를 뿌리고 있었다.

카타쿠라 씨는 디저트 로즈가 결성된 뒤로 항상 응원해주는 분이다.

오늘은 금요일에 평일… 카타쿠라 씨는 양복을 입고 있으니 회사에 다니는 사람일 거다. 그런데 이렇게 우리를 위해 노력해주고 있다.

나도 아카리도… 살짝 고개를 끄덕였다.

기회니까 힘내자!

오늘은 모 대학의 축제에 찾아왔다.

도내에 있는 평범한 대학인데 학교 축제가 특수한 것으로 유명한 곳이다.

이 학원의 학장은 아이돌을 좋아해서 자기 학교의 축제에 매년 아이돌을 부른다.

출연하는 아이돌은 모두 학장이 선정하는데 그 발굴 능력이 대단하
다!

직전까지 무명이었는데 이 축제에 나온 뒤로 유명해진 아이돌은 셀
수도 없을 정도다.

인기 없는 지하 아이돌은 이곳에 초대되는 걸 목표로 삼을 정도로 유
명한 축제로 아침부터 우리도 기합은 충분히 들어간 상태였다.

아까부터 머리를 만지고 있던 아카리가 나를 돌아보았다.

"논, 머리 어떻게 하는 게 좋을까?"

"으음, 오늘은 뇌신을 부를 거잖아? 머리 묶는 것도 좋지만 또 요괴
처럼 될걸?"

"그렇겠지. 역시 양쪽으로 가볍게 묶을까? 아예 안 묶는 건 너무 심
플하잖아."

"그래! 그러자."

"고마워~!"

나는 아카리의 머리를 빗으로 빗어주었다.

이 작업은 같이 아이돌 활동을 하게 된 뒤로 항상 하는 것이다.

아카리는 매우 격렬하게 춤을 추는 아이로 처음 만났을 때부터 머리
카락이 전혀 정리가 안 됐었다.

제품을 바르고 머리를 빗으로 빗어주니 어깨까지였던 머리가 등까지
길어져 있었다.

"많이 길렀네~! 머리 안 잘라? 춤출 때 방해되지 않아?"

"춤출 때 흐트러지는 게 멋지잖아! 그리고 이건 소원을 담은 거야. 인기 생기면 자를 거야."

"뭐야, 그게."

나는 웃으며 아카리의 머리를 묶어주었다.

부드러워서 묶기 힘든 머리카락이지만 3년쯤 손을 대고 나니 익숙해졌다.

처음에 묶은 건… 아마 처음 만났을 때였을 거다.

그때부터 아카리는 머리를 마구 흐트러트리며 춤을 췄다.

아카리와 처음 만난 건 오락실 위에 있는 작은 연습실이었다.

시부야 역에서 걸어서 15분, 건물 사이에 있는 삼각형 빌딩으로, 1층에는 오락실이 있었다.

그 가게에는 여러 대의 북을 치는 게임기가 놓여 있어서 커다란 소리가 들려왔다.

가르쳐준 주소대로 찾아왔는데 정말 이런 곳에 레슨실이 있을까?

불안한 마음으로 나는 무거운 문을 열었다.

그러자 안에서 갑자기 커다란 소리가 터져나와 나를 때렸다. 그리고 눈앞에 믿을 수 없을 만큼 높이 뛰고 있는 사람이 있었다.

팔을 높이 위로 뻗은 그 손끝은 마치 계산된 것처럼 아름다웠다.

정말 시간을 멈춘 것처럼 공중에 정지해 있었는데, 나는 문을 열고 1초 만에 그 모습에 압도되었다.

그게 아카리였다.

아카리는 소리도 없이 조용히 착지한 뒤 나를 보고 다가왔다.

"우와, 얘가 새로 들어오는 애야?! 너무 귀엽잖아. 잘 부탁해!"

그 머리카락은 사자처럼 곤두선 데다 마구 엉켜 있었다.

얼굴에도 붙어 있어서 불쾌할 것 같았다. 그래서 나는 손목에 끼고 있던 고무줄을 건네며,

"머리 묶지 그래? 엉켰잖아."

라고 말했다. 아카리는 내 눈앞에서 몸을 휙 돌리더니,

"그럼 묶어줘!"

라고 했다. 그게 첫 만남이다.

그때부터 줄곧 나는 아카리의 머리를 묶고 있다.

"자, 다 됐다. 어때? 윗부분만 좌우로 나눠서 묶어봤어."

"논은 머리 정말 잘 묶는다니까! 고마워―! 보답으로 자. 신의 사탕."

"또야~! 이 사탕 목에는 좋은데 벌꿀이 너무 진해서 맛이 꼭 약 같아."

"논의 목소리는 신이 준 목소리니까 잘 관리해야지. 난 어디에 있어도 논의 목소리가 들리면 목적지까지 도착할 수 있을 거야."

"내 목소리가 무슨 내비니?"

"아니. 사막에 단 하나뿐인 별이랄까. 그걸 향해 걸어가면 길을 헤매지 않아."

아카리는 묶어준 머리를 가볍게 흔들며 미소 지었다.

아카리는 내가 처음 노래했을 때부터 늘 "논의 목소리는 굉장히 특수해. 나 너무 좋아"라고 칭찬해준다.

그런 말을 들으면 나는 아카리의 춤은 세계 제일이라고 생각하게 된

다.

그런데 인기가 없으니 아이돌 세계는 정말 알 수가 없다니까.

"왜 이렇게 좋은 목소리와 아카리처럼 최고의 춤을 추는 아이가 있는 그룹이 인기가 없는 걸까."

"저기요, 논 씨. 그걸 세계에 선보이는 건 이제부터 할 일이 아닐까요?"

"그렇네요, 아카리 씨."

우리는 좁고 어두운 대기실에서 낄낄대며 웃었다.

사실 나… 사무소에 들어와 "디저트 로즈라는 아이돌이 있는데 들어와보지 않을래?" 라는 말을 들었을 때 "네에?" 라고 생각했다.

우리 사무소에는 '일곱 빛깔 드롭'이나 '악세트'라는, 현시점에서 잘 나가는 아이돌 그룹이 여럿 있다.

사무소에서 "분명히 톱 아이돌이 될 거야!" 라는 말을 듣고 왔는데 왜 그 유명 그룹이 아니라 전혀 인기도 없는 디저로즈야.

사실 내 노래는 전혀 좋게 평가받지 못하는 거야? 그렇게 의심하고 있는데 사무소에서 처음으로 아카리의 점프를 보았다.

그리고 반성했다. 사무소는 나와 아카리를 내세워 인기 그룹을 만들 생각이었고, 아카리에겐 내 노래가 최고로 잘 어울린다!

"안녕하세요, 디저트 로즈입니다!"

라이브가 시작되고 스테이지로 올라갔다.

축제 장소 제일 안쪽이지만 노점과 가까워서 위치상 나쁘진 않았다.

주위를 둘러보니 익숙한 멤버가 "논짱—!" "아카리짱—!" 하고 응원의 구호를 외쳐주고 있다.

라이브하우스에서 여기까지 와주다니 정말 기뻤다.

처음 온 곳에서 노래하는 건 매우 긴장되는 일이지만, 익숙한 멤버가 있으면 그 사실만으로 안심이 된다.

"아키하바라의 렉스에서 라이브를 하고 있어요. 야외에서 노래하는 건 처음입니다. 잘 부탁드립니다!"

적지만 따뜻한 환성에 고개를 숙여 인사했다.

음악이 흘러나오고 노래하기 시작한 순간 깨달았다… '기분 좋아'! 목소리가 하늘로 퍼져나가고 있었다.

조금이라도 멀리 있는 사람에게도 전해지도록 의식하며 노래를 불렀다.

그리고 눈앞에서 아카리가 높이 날아오른다.

그건 막 태어난 새처럼 태양에 동화되어 하늘에 녹아들었다.

쭉 뻗은 손끝이 빛을 잡고 바람에 흔들린 머리카락이 하늘거리며 펼쳐진다.

아아, 정말 아카리의 점프는 아름다워.

멀리서 구경하던 사람들도 아카리의 댄스에 이끌려 다가오고 있었다. 좋았어!

나는 그 사람들을 더 끌어당기기 위해 소리 높여 노래했다. 목소리가 그대로 뻗어서 하늘에 닿을 것 같았다… 최고로 기분이 좋았다!

"엄청 기분 좋았어!"

"또 야외에서 하고 싶다! 게릴라로 춤추고 싶어."

축제가 끝나고 나와 아카리는 흥분해 있었다.

작은 방에서 노래하는 건 수치심이 없어지고 노래와 세계에 몰입할 수 있어서 좋다.

하지만 야외는 또 달랐다. 전력으로 마이크를 써서 밖에서 노래하는 경험은 절대로 없으니까.

그게 정말로 기분 좋았다. 이 대학뿐만 아니라 세계로, 하늘로, 바다 깊은 곳까지 노래가 전달되는 듯한 기분이었다.

역시 난 노래하는 게 좋아!

흥분했던 우리의 대기실 문을 가볍게 두드리는 소리가 들렸다.

들어온 것은 학장으로, 우리 라이브를 무척 칭찬해주었다.

그리고 그 뒤에 따라온 사람이 정장을 입은 평범한 회사원? 그 사람은 우리에게 고개 숙여 인사하더니,

"처음 뵙겠습니다. 아이돌 프로듀서인 요시즈미라고 합니다. 저어… 우주인이 되지 않겠습니까?"

그렇게 말하며 미소 지었다.

그 말을 듣고 나는 작게 한숨을 쉬고서 '또 이런 타입의 인간이냐'라고 생각했다.

솔직히 이런 '이상'한 사람이 생각보다 많다.

"너의 목소리는 신의 계시다." "그 목소리는 세계를 뒤흔들 발명품이다." "내 선조가 되어 주세요!"

라이브를 마치고 나면 밖에서 기다리고 있다가 갑자기 넙죽 절하는 사람과 마주친 게 한두 번이 아니다.

또 이 계통이냐… 싶었는데 아카리는 달랐다.

"학장님이 데리고 오셨다는 건… 진지하신 거죠?"

웃으며… 하지만 진지한 표정으로 말했다.

어? 대기실에 있던 멤버 모두가 질색하고 있었는데 가만히 생각해 보니 틀린 말이 아니었다.

저 마이너 아이돌을 발굴하는 천재라 불리는 학장이 데리고 왔으니까.

이야기를 들어보니 요시즈미 씨는 프리로 아이돌 프로듀싱을 하고 있는데 데뷔시킨 사람들은 모두 특색이 있어서 잘 나가고 있었다.

학장은 "너희, 우주인이 되도록 해. 지구도 우주의 일부잖아. 나도 우주인이야"라며 방에서 나갔다.

학장님, 역시 이상해. 그 이상한 사람이 소개한 사람… 괜찮을까…?

나는 처음엔 요시즈미 씨를 조금도 믿지 않았다. 하지만 요시즈미 씨는 나한테 말했다.

"솔직하게 말하자면… 논 씨의 목소리는 아이돌 송을 부르기에 적합하지 않아요. 기본 목소리가 많이 낮죠. 그리고 음정이 완벽합니다. 귀가 아주 좋은가 보네요. 그러니까 좀 더 멜로디가 묘하게 움직이는 재미있는 곡을 부르는 게 좋을 것 같아요. 그러니까 이건 아이돌 송이 아니죠. 거기서부터 역산해서 생각한 게 우주인의 노래… 였던 겁니다."

아, 이 사람 믿어도 될 것 같은데.

나는 그 한마디를 듣고 생각했다. 목소리가 낮아서 아이돌 송에 어울리지 않는다. 그건 내가 늘 생각해 왔던 부분이었으니까.

하지만 노래하면 고음이 잘 뻗어 나오는 특수한 목소리라 귀여운 아이돌 송과 궁합이 안 좋다.

그건 나도 사무소도 알고 있었지만 그걸 어떻게 살려야 좋을지 몰랐었다.

요시즈미 씨는 그다음으로 아카리를 보고 말했다.

"그리고… 댄스는 말인데요, 아카리 씨의 댄스는 너무 특징이 강해요. 아이돌 차원이라 볼 수 없는 점프력과 표현력, 이대로 가다간 나쁜 의미로 눈에 띄어서 '천재 취급'을 받게 될 겁니다. 아이돌 그룹에 '한 명만 천재'는 필요 없죠. 그러느니 처음부터 '중력이 굉장히 무거운 별에서 자란 아이'라고 설정을 주는 게 더 낫겠죠."

"…그렇구나."

아카리는 고개를 끄덕였다.

이 점에도 나는 놀랐다. 사실은 그랬으니까.

아카리의 댄스 레벨은 너무 높아서 그룹 내에서도 지나치게 눈에 띄었다.

마찬가지로 춤이 장기인 아유의 이미지가 흐려져 밸런스를 잡기가 어려웠다.

아유도 오랫동안 클래식 발레를 해온 아이라 잘 추는데.

요시즈미 씨가 우리 디저로즈에 내준 과제는 모두 적확해서 간단히 말하자면 "우리는 모두 개성이 지나치게 강하니까 그냥 우주인으로 가는 게 편하다."는 것이었다.

우리는 그 결론에 폭소를 터트린 뒤 이해하고 우주인이 되기로 했다.

디저트 로즈라는 이름을 지은 건 사무소 사장이었다.

정말 있는 돌의 이름으로, 오아시스였을 때의 기억을 갖고 있는 꽃이다… 라고 적힌 책을 보여주었다.

거기엔 아름다운 일러스트가 실려 있었는데, 회색의 무상한 장미 모래는 당시 중학생이었던 내가 봐도 '멋있다!'고 느꼈다.

요시즈미 씨는 유래를 듣고 "우주인 아이돌에 완벽한 이름이네요. 원래 우주인이었군요"라며 이해할 수 없는 방향으로 납득하더니 우주인 아이돌이 되지만 그룹명은 바꾸지 않기로 했다.

요시즈미 씨는 SF소설을 좋아하는 작가를 불러 우리의 출신 행성의 설정을 정했다.

그리고 각자의 출신 별을 나눠서 개성이 제각각이어도 받아들여지게 만들자… 며 각자 나라의 언어까지 생각하기 시작했다.

서로 대화하는 언어가 다르면 각자의 언어는 통신기로 자동 번역된다… 는 작가의 말에 새롭게 태어난 디저로즈의 오른쪽 귀에는 통신기 스타일의 이어링이 달리게 되었다.

별의 설정과 언어 설정에 "?"였던 우리도 통신기 이어링은 귀여워서 모두 마음에 들어했다.

설정이 정해지자 그에 따라 디자인이 나왔고, 노래가 정해졌다.

우주인이 타고 오는 건 당연히 우주선이니까 그러면 저는 함장이겠네요! 라더니 요시즈미는 신나 하며 자신을 라리마 함장이라 부르기 시작했다.

정말 이런 어린애 장난 같은 짓을 해서 인기를 얻을 수 있을까… 실소나 받고 끝나진 않을까.

나는 불안해졌지만 아카리는 즐거워 보였다.

"어? 재미있겠는데?"

라고 눈을 빛내며 신곡 댄스를 완성 지었다.

신생 디저로즈는 아카리만 높이 뛰는 댄스는 봉인, 마찬가지로 춤이 장기인 아유와 완전히 똑같은 움직임을 보이는 걸 테마로 삼았다.

아카리도 사실은 춤에 격차가 있는 걸 늘 신경 썼다.

같이 밥을 먹을 때도 "나만 춤이 화려하지 않아? 아유도 잘 추는데… 하지만 선생님한테 말하면 그건 그것대로 신경 쓰고 있다더라고…" 라는 소리를 늘 했었다.

그러니까 이렇게 그룹에 찾아온 변화가 무척 기뻤는지 한때 우울해 하던 아유에게도 미소가 돌아왔다.

우주인이 뭔데? 싶었지만 결국 개성이 너무 강한 우리에겐 정답이었 다.

그리고 요시즈미 씨가 신생 디저로즈를 위해 준비한 신곡은 고음부 터 저음까지 빠르게 전환해야 하는 매우 어려운 곡이었다.

"…이거 엄청난데요."
"논 씨라면 할 수 있어요."

요시즈미 씨, 즉 라리마 함장은 생긋 웃었다.

하지만 실제로 스튜디오에서 녹음해보니 지금까지 불렀던 귀엽기만 한 아이돌 송보다 훨씬 내 목소리에 잘 맞았다.

그리고 노래 중간에 송신기를 만지면 음성이 바뀐다는 설정도 재미 있었다.

두 곡을 같이 발표하는 걸로 정해졌는데 다른 곡은 '우주인의 언어' 로 가사가 나와서 일본어가 아니었다. 이 가사를 외우는 게 정말정말 힘들었지만… 그래도 매일 아카리가 같이 있어줬다.

"텟테라쿠송포포라키마마!"
"텟테라쿠송포포라키…?"
"아냐, 논. 텟테라쿠송포포라키마마!"
"지구인이라 모르겠어…."
"이 곡은 논 목소리랑 잘 어울린단 말이야. 춤추면서 부르면 금방 외 울 수 있을 거야. 자, 논도 춤추자."

"그럴지도 모르겠다. 좋아!"

우리는 스튜디오에서 밤늦게까지 춤을 췄다.

아카리도 나도 낮엔 고등학교에 다니기 때문에 연습은 늦은 오후부터 밤까지만 가능했다.

하지만 이게 마지막 기회란 걸 우리는 알고 있었다.

아이돌의 유통기한은 짧다. 중학생 때 데뷔해 3년 동안 인기가 없었던 우리는 그 사실을 뼈저리게 알고 있다.

그러니까 이게 마지막 기회다.

춤추다 지쳐 바닥에 쓰러지는데 1층에서 울리는 경박한 게임 소리가 몸을 흔들었다.

"…이게 뭐야."

"건물이 흔들리는 거야? 웃기다!"

우리는 바닥에 쓰러진 채 웃었다.

아카리는 휴대폰을 꺼내 한쪽 이어폰을 내게 건넸다.

귀에 꽂자 우리의 신곡이 흘러나왔다.

우리는 바닥에 누운 채 둘이 찰싹 붙어서 그 노래를 들었다.

등으로 전해지는 게임 진동과 아카리의 체온이 따뜻했다.

새까만 페인트로 떡칠한 시부야의 밤하늘에 단 하나의 샛별이 떠 있었다.

신생 디저로즈를 발표하는 날이 정해졌다.

사무소에선 드물게도 큰 장소를 빌려줘서 우리는 흥분해서 리허설을 하러 갔다.

늘 아키하바라에 있는 건물 지하였는데 이번 쇼케이스 장소로 준비
해준 곳은 제대로 된 공연장으로 수용 인원도 2배가 넘었다.

표도 매진되었고 우리는 충분히 기합이 들어간 상태였다.

라이브 흐름상 먼저 과거의 곡을 순서대로 부르고, 마지막으로 무대
가 암전된 뒤에 우주선이 내려와 우리가 등장… 하는 식이었다.

등장할 때의 각본도 준비되었고, 가사도 다 외웠다.

의상은 무슨 전대물 같았지만, 우주인은 뭘 입는지 모르니까 이건 어
쩔 수 없는 부분이라고 생각했다.

우리는 각자 위치를 확인하며 곡을 틀고 춤을 추기 시작했다.

"처음부터 쭉 가보자—!"
"오케이!"

익숙한 디저로즈의 곡. 흘러나온 순간이 몸이 자동적으로 움직인다.
전형적인 아이돌 송이었지만 나는 싫지 않았다.

애초에 아이돌이 되고 싶다고 생각한 것도 듣기 편한 아이돌 곡을 좋
아했기 때문이니까.

듣다 보면 기운이 나고 콧노래를 흥얼거리고 싶은… 그런 곡은 뭐든
다 좋았다.

초등학교 때부터 "논짱은 정말 귀엽다. 나중에 꼭 아이돌이 될 거야"
라는 친구의 말을 들으면 "설마—?"라고 대답하면서도 싫지는 않았
다.

반은 물론이고 학년도, 아니 학교 전체를 둘러봐도, 동네를 돌아다녀
봐도 나보다 귀여운 애는 없었으니까.

나도 '귀엽게 태어나서 다행이다'라고 생각했다. 그래서 매우 우쭐대며 초등학교 시절을 보냈던 것 같다.

스카우트받은 건 초등학교 6학년 때였는데, "너무 늦게 찾아온 거 아냐?"라고 생각했을 정도였다.

그때까지 한껏 높았던 내 코를 부러뜨린 건 아카리였다.

아카리는 나보다 귀여운데, 춤을 이렇게 잘 추는데 아이돌로 인기가 없다니….

그 사실은 내 하늘 높은 줄 몰랐던 오만함을 단숨에 꺾어버렸다.

옆에서 추는 아카리를 보니 그때보다 몇 배는 실력이 늘었다.

그리고 아유와의 트러블도 해결되어서 두 사람은 댄스 분량을 잘 나누어 추고 있었다.

나도 춤은 싫어하지 않는 데다 디저로즈에 들어오기 전에는 '나 정도면 잘 추지'라고 생각했었지만, 이 두 사람 앞에선 어린애 수준으로 완전 우물 안 개구리였다. 부끄러운 일이다.

아카리의 긴 팔다리가 유연하게 움직이기 시작하더니 단숨에 허공을 가른다.

키가 크고 몸도 근육이 탄탄한데 어떻게 이렇게 가볍게 뛰어오를 수 있을까.

아카리의 댄스에선 중력이 느껴지지 않는다.

평소의 3배가 넘는 조명에 아카리의 유연한 몸이 흑백으로 보인다.

그건 둘이 함께 시부야 스튜디오에서 보던 별님처럼 아름다웠다.

그대로 손을 잡고… 그런 생각을 하는데 눈앞에서 아카리가 사라졌다.

사라졌다.

사라져버렸다.

소리도 없이, 그냥 시야에서 아카리가 사라졌다.

홀에는 폭음만이 흐르고 있었다.

조명 아래의 우리는 꼼짝도 할 수 없었다.

심장이 벌렁거리고 손이 떨리고 귀에선 이명이 울렸다.

음악이 멀어지고, 심장 소리만이 몸을 지배했다.

아카리가 사라졌다.

사라졌다, 시야에서 사라졌다.

사라졌다… 아니… 사실은 알고 있다.

떨리는 발을 질질 앞으로 밀고 나가 새까만 구멍을 보았다.

그러자 아카리가 무대 아래에 떨어져 있었다.

목이 조여들어 아무 소리도 낼 수 없었다. 숨도 쉴 수 없었다. 주저앉을 수도, 움직일 수도 없었다.

나는 무대 아래에 떨어져 꼼짝도 하지 않는 아카리를 그저 굽어볼 수밖에 없었다.

아카리는 바로 구급병원으로 이송되었다.

우리 멤버는 대기실에서 기다릴 수밖에 없었다. 지나치게 큰 TV에서 무심하게 버라이어티 프로가 흘러나온다.

창밖으로는 계속해서 구급차가 도착하고 들것에 실린 환자가 들어온다.

차가운 소파에 손가락을 대고 기분을 진정시키려 애써보지만 아무

효과도 없어 입술을 굳게 깨물었다.

무대에서 떨어지는 건 생각보다 흔히 있는 일이다.

아키하바라의 무대에서 나도 아카리도 아유도 여러 번 떨어졌었다.

그래봤자 그 무대의 높이는 있으나 마나 한 수준이었다.

하지만 그곳은 달랐다. 높이가 2미터는 족히 넘었다. 무엇보다 백턴을 하다가 미끄러져 등으로 추락… 그곳에는 재수 없게도 접어둔 파이프 의자가 있었다.

내가 의학을 전혀 모르긴 해도 그게 위험하게 떨어진 거라는 건 안다.

아무 말도 할 수 없었다. 말은 나오지도 않았다. 너무 무서워서 다들 한마디도 못한 채 침묵만을 지켰다.

병원에 온 지 몇 시간이 지났는지 모르겠다.

라리마 함장이 처치실에서 나왔을 때 우리는 일제히 일어섰다.

안색과 행동에서 먼저 뭔가를 알아내려 해봤지만 아무것도 알 수가 없었고, 라리마 함장이 우리 쪽으로 걸어오는 시간조차 영원처럼 느껴질 만큼 마음이 아팠다.

"구급병원에선 할 수 있는 검사가 한정되어 있어. 일단 내일부터 정밀검사를 들어가면 상태를 알 수 있을 거다. 생명에 지장은 없지만 MRI를 찍을 의사가 없어서 지금은 약을 먹고 자고 있어. 오늘은 돌아가자, 라이브는 일단 연기야."

라리마 함장은 우리 앞에 무릎을 꿇고 시선을 낮춰서 진지하게 설명해주었다.

머리에 들어온 것은 '생명에 지장은 없다'는 말뿐이었다.

며칠 후에 알게 된 사실은 내 마음을 좌절하게 만들었다.

요추압박골절, 대퇴골경부골절… 설명을 듣고 이해한 건 아카리는 이제 예전처럼 춤을 출 수 없다… 는 것이었다.

아직 젊으니까 가능성은 남아있다… 고 의사는 말해줬다지만, 그건 취미 정도의 댄스일 거다… 고 라리마 함장은 울면서 말했다.

"내가 울면 너희가 울 수 없는데. 미안하다."

그렇게 말하며 라리마 함장은 계속 울었다.

모두 통곡했지만 나는 울 수 없었다. 아무것도 모르는 거라고 머리 한구석 냉정한 어딘가에서 이해하고 있었다.

아카리가 무대에서 떨어져 신생 디저로즈 데뷔가 연기됐다는 사실은 인터넷 뉴스를 휩쓸었다.

뭘 봐도 마음이 따라가지 못해서 나는 인터넷을 잠시 떠나기로 했다.

학교와 집을 왕복하기만 하는 날들. 부모님은 "학교 괜찮니?" 라며 걱정해줬지만 일상을 그만두면 전부 비일상이 되는 걸 알고 있었기 때문에 매달렸다.

통학 전철에 러시아워, 비에 젖어 정리가 안 되는 머리에 무거운 가방, 코트를 잊고 오면 꼭 추워지는 오후.

그리고 매일 시부야 2층에 있는 스튜디오로 갔다. 그곳은 사무소가 빌린 장소이기 때문에 저녁엔 다른 그룹도 연습에 이용한다.

카드키만 있으면 사무소 사람은 누구나 들어갈 수 있기 때문에 나는 늘 아무도 사용하지 않는 밤에 몰래 안으로 들어갔다.

불도 켜지 않고 바닥에 누워 귀에 이어폰을 꽂는다.

흘러나오는 디저로즈의 신곡과 등에는 게임의 진동. 캄캄한 하늘에는 별이 하나도 보이지 않아 그제야 나는 울 수 있었다.

"하아…."

나는 집 근처에 있는 카페에서 오렌지주스를 마셨다.

최근엔 식욕도 없어 식사도 잘 챙겨 먹지 않고 있다. 아무 의욕도 생기지 않았지만 집에 있으면 우울해지니까 가능한 한 밖으로 나돌았다.

조금 전에 온 메일을 보고 한숨을 쉬었다.

『향후 활동 스케줄에 대해』

"…향후…."

첫 한 달은 사무소가 신경을 써주었지만 당연히 디저로즈라는 그룹을 완전히 없앨 수는 없었다.

나는 메인 보컬이라 내가 노래하지 않으면 디저로즈는 존재하지 않는다.

라리마 함장이 모든 잡무를 담당하며 우리한테 안 좋은 소리가 들어오지 않도록 신경 써주고 있다… 고 사장에게 이야기 들었다.

울며 무너지던 라리마 함장의 모습을 떠올리니 가슴이 답답해졌다.

우리를 데뷔시키려고 누구보다 애썼던 사람이 지금 울면서 방패막이가 되어주고 있다. 그 마음을 생각하니 괴로워서 눈물이 나왔다.

노래는 부르고 있었다. 혼자서 늘 부르고 있었다. 그러는 게 더 진정이 되니까. 하지만 아카리가 없는 디저로즈만이 전혀 이해가 되지 않아서 디저로즈로서 노래하는 건 이제 어렵지 않을까… 생각했다.

당사자인 아카리는 의외로 밝게 『내 실수로 이렇게 됐으니까 어쩔 수 없지. 일단 열심히 재활에 집중할게~』라고 연락해줬지만, 사장님에게서 『힘들어하는 것 같더라』는 이야기를 들었다.

당연하다.

앞이 보이지 않는 재활에 원래대로 돌아갈 수 있을 거란 보장도 없다.

그런 아카리 앞에서 내가 평소처럼 노래하고 춤춘다는 건… 도저히 생각할 수 없는 일이었다.

역시 디저로즈라는 존재는 이 타이밍에 일단 없애고, 노래한다 하더라도 다른 존재가 되고 싶다.

디저로즈는 아카리가 없으면 계속 존재할 수 없다.

나는 그렇게 결심하고 휴대폰을 쥐었다.

그때 땡… 하고 알림이 울렸다.

『우편함에 편지 넣어놨으니까 봐.』

!!

메시지를 보낸 사람은 아카리였다.

무슨 말이지? 그 문장을 보고 말문이 막혔다.

당장 주스를 비우고 짐을 챙겨서 밖으로 나갔다. 우편함에 편지를 넣어놨다니… 외출할 수 있어?

며칠 전에 라리마 함장에게서 '당분간 휠체어 신세를 져야 한다'고 들었는데.

휠체어를 타고 집까지 와준 거야?! 전철을 타고? 혼자서?!

나는 집까지 필사적으로 달렸다. 최근에 댄스 레슨을 빠졌더니 금방 숨이 가빠졌다.

"그러니까 댄스 레슨은 결국 인생의 기본이라고. 체력이 모든 걸 말해준다니까" 라고 말하며 웃던 아카리가 생각났다.

정말 맞는 말이야. 나는 정말 못난 인간이다. 아카리가 없으니까 지금도 이렇게 못났다.

쉬지 않고 달려서 집에 도착해 우편함을 보니 편지가 들어 있었다.

작게 적힌 '논에게'란 글씨. 아카리 글씨다. 가늘고 작은 아카리의 글씨.

나는 집에도 들어가지 않고 천천히 봉투를 열어 편지를 꺼냈다.

그곳에 적힌 글자를 읽고 나는 폭소를 터트렸다.

아카리는 아카리라니까.

나는 편지를 쥐고 일단 집으로 들어갔다. 그리고 신고 있던 힐을 벗어던지고 조깅할 때 늘 신는 운동화로 갈아 신었다.

아카리가 다치기 전엔 매일 아침마다 조깅을 했다. 하지만 최근엔 전혀 달리지 않아서 신발도 나를 꾸짖듯 발을 꽉 옥죄었다.

휴대폰과 편지만 주머니에 넣고 뛰기 시작했다. 앞으로, 앞으로.

조깅용 옷이 아니라 몸에 달라붙지만 어쩔 수 없었다. 그 이전에 치마인 게 더 문제지만 어쩔 수 없는 일이다.

정말로 겨우 두 달 만에 체력이 이렇게 떨어지는구나.

나는 늘 미래를 생각했었다. 아카리와의 새로운 디저로즈, 둘이서 나아갈 미래, 하지만 그건 끊어졌다.

그러니까 그 앞을 열심히 상상했다. 아카리가 없는 미래, 아카리가 없는 세계… 생각하고 생각하다 울었고… 움직일 수 없게 되었다.

편지를 움켜쥐고 속도를 높인다.

앞쪽에 휠체어가 보였다. 찾았다, 아카리다.

"아카리!!"

"…왜 이렇게 늦었어. 너 조깅 안 했지? 아니면 카페에서 도너츠 폭식이라도 했어?"

"전부 다 정답이야…."

나는 휠체어에 앉은 아카리에게 쓰러지듯이 매달렸다. 미안, 병원에
못 가서 미안. 계속해서 말했다.

여기까지 오게 만들어서 미안해, 미안해, 미안해. 아카리는 나를 끌
어안고 조용히 "괜찮아" 라는 말을 되풀이해주었다.

끌어안은 아카리의 몸은 너무나 가냘파서, 그게 괴로워서 참을 수가
없었다.

엉엉 울다 길을 막고 있을 수 없어 그대로 근처 공원으로 갔다.

내가 휠체어를 밀자 "남이 밀어주면 너무 편해서 웃음이 나" 라고 아
카리는 말했다.

아카리는 내가 사 온 차를 한 모금 마신 뒤 입을 열었다.

"힘들다. 최고로 몸을 움직이던 타이밍이었어서 진짜 최고로 힘들
어."

그 '힘들어'라는 단순한 울림에 예상과 달리 나는 웃음을 터트리고 말
았다.

"야! 어떻게 웃을 수 있냐!!"

아카리는 나를 노려보았다.

아아, 좀 더 빨리 만나야 했어, 우리는. 서로가 그렇게 생각한다는 걸
알 수 있었다.

부상이나 이젠 같이 디저로즈 활동을 못 할 거라든가, 그런 게 문제
가 아니라 우린 친구였다.

소중한 친구였고 동료였다. 순서를 틀렸을 뿐이다.

"일단 재활해서… 지팡이 짚고 설 수 있는 건 확실하대. 최종적으로는 평범하게 걸을 수 있을 거고 가벼운 춤을 출 정도까진 꼭 돌아갈 수 있을 거라고 선생님이 그랬어."

"응."

"하지만 좀 좌절이긴 하지."

"당연하지."

"당연한 거겠지, 정말 그래. 좌절해서 못 하겠어."

"당연하지."

우리는 나란히 "당연하지"라는 말을 되풀이했다.

당연하지… 말고는 서로에게 해줄 수 있는 말이 없었다.

내가 아카리가 없으면 디저로즈에서 노래할 마음이 들지 않는 것도, 아카리가 의욕을 못 갖는 것도 당연한 일이었다.

우리에게 부족했던 건 서로의 상처를 위로해주는 시간이었다.

둘이서 한참 동안 불평을 늘어놓고 서로 휴대폰으로 연락하면 더 우울해지니까 직접 만나기로 했다.

앞으로 정기적으로.

나는 하교 길에 주 3회 병원을 찾았고, 아카리는 일주일에 한 번 시내에 나오니까 점심을 먹기로 했다.

그렇게 정했다.

만나서 대화하다 보니 다친 아카리라는 존재는 문자로 대화할 때보다 '진짜로 그냥 다친 친구'로 비관적이었던 마음이 점점 사라졌다.

나는 만나지 않는 사이에 쓸데없이 상상하며 지금 있는 아카리보다 더 미래의 아카리에게 슬퍼하고 있었다는 걸 깨달았다.

어느 날 오므라이스를 먹으며 아카리가 말했다.

"디저로즈, 계속해."

그 말에 나는 스푼을 내려놓았다.

아카리와 정기적으로 만나게 된 뒤로 라리마 함장과도 이야기를 하게 되었다.

라리마 함장은 "디저로즈라는 존재가 괴로우면 다른 그룹으로 다시 데뷔할 수도 있어"라고 얘기해줬었다.

하지만 어떻게 해야 좋을지 모르겠어서 제자리에 멈춰 선 상태였다.

아카리는 내 손 위에 손바닥을 겹치고 입을 열었다.

"여기서 디저로즈를 그만두면 내가 해온 일이 전부 과거가 되어버리잖아."

"!!"

나는 고개를 들었다.

"나 지금, 다리도 허리도 아프거든."

"응….."

"난 초 마이너스에서 시작하는 거야. 그런데 내가 없다고 멋대로 사라지면 용서하지 않을 거야. 앞으로 걸어가. 나라는 아픔을 안고서. 나도 아프니까."

"응… 응….."

눈물이 넘쳐서 앞이 보이지 않는다.

"나도 아파, 논도 아파. 그럼 무승부잖아! 그러니까 내가 없는 아픔을 느끼며 계속하도록 해."

"응… 응…."

"말했잖아. 논은 나의 하나뿐인 샛별이라고. 논의 노래를 향해 걸어갈 테니까 노래해."

펑펑 우는 바람에 가게에서 주목을 받고 말았지만 이제 그런 건 아무래도 상관없었다.

그건 늘 내가 생각해왔던 말이었으니까.

아카리만이 나의 샛별.

아카리가 있었기 때문에 내 쓸데없이 높았던 코는 똑 부러지고 노래하기 시작했다.

나는 지금도 소중히 갖고 다니는 아카리가 준 편지를 가방 위에서 쓰다듬었다.

거기엔 선명하게 적혀 있었다.

『따라와, 늘 하던 것처럼.』

언제나 아카리는 내 앞에 있다.

너는 나의 단 하나뿐인 샛별.

앞으로도, 언제나, 샛별이야.

— 다음 권에 계속 —

작가 후기

안녕하세요, 코일입니다.

이 책을 선택해서 여기까지 읽어주셔서 고맙습니다.

이 이야기는 투고 사이트인 '소설가가 되자'에서 완결된 거였는데 갑자기 머릿속에 신이 강림하셔서 "뒷이야기를 써라…."고 계시를 내려주셨어요(정말로요).

사이트의 공포의 매일 연재에서 막 해방되었던 나는 "이제 막 끝났는데요?" 라고 생각했지만, 사이트에선 완결 후에도 몇 달이나 순위에 올라 있었죠.

그리고 "더 보고 싶다"는 감상을 많이 보내주셔서 그렇다면 써볼까… 하고 쓰게 된 거죠.

'소설가가 되자'에서는 깔끔하게 완결이 됐기 때문에 그걸 다른 연재 사이트인 '카쿠요무'에 올렸어요.

그 결과, 편집자 눈에 띄었고, 책으로 만들어지게 되었습니다.

그때 머릿속에서 말해주신 신에게 감사합니다.

그리고 '소설가가 되자'에 "카쿠요무에서 뒷이야기를 쓸 거예요"라고 올렸더니 많은 분들이 읽으러 찾아와 주셨어요.

그리고 감상과 SNS로도 반응을 보여주셨죠.

그런 작은 '읽고 있다'는 반응이 제 원동력입니다.

기본적으로 제 소설은 머릿속에 있는 재미있는 걸 마구 써재끼는 상태인데, 그것에 반응을 얻게 되다니, 너무 즐거운 일이잖아요.

특히 인터넷 구석에서 연재하는 고독한 싸움을 하고 있을 때 감상을 써주시는 분들에겐 정말로 감사하고 있어요.

당신의 작은 반응은 작가의 마음을 구해줍니다, 정말이에요.

이 책의 감상도 조금이라도 보내주신다면 기쁘겠습니다.

그리고 당신 옆에 있을 법한, 보편적이면서도 사랑으로 가득 찬 오타쿠 부부의 이야기가 조금이라도 오랫동안 즐겨주신다면 좋겠습니다.

마지막으로 이 책을 내는 데 관여해주신 모든 분들께 감사의 말씀 드립니다.

책을 좋아하기 때문에 이렇게 책으로 나올 수 있게 되어 기쁩니다. 신난다—!

여기까지 읽어주셔서 고맙습니다.

코일

오타쿠 동료와 위장 결혼한 결과,
매일이 미치게 즐거워!

2025년 2월 14일 초판 인쇄
2025년 2월 28일 초판 발행

저자 · 코일
일러스트 · 유키코
역자 · 장혜영
발행인 · 황민호
콘텐츠4사업본부장 · 박정훈
편집기획 · 신주식 최경민 윤혜림
마케팅 · 조안나 이유진
국제업무 · 이주은 김준혜
제작 · 최택순 성시원
한국판 디자인 · 디자인 우리
발행처 · 대원씨아이(주)

서울 특별시 용산구 한강로3가 40-456
편집부 : 02-2071-2104 FAX : 02-794-2105
영업부 : 02-2071-2061 FAX : 02-794-7771
1992년 5월 11일 등록 3-563호

http://www.dwci.co.kr/

OTAKU DORYO TO GISOKEKKON SHITA KEKKA, MAINICHI GA METCHA TANOSHIINDAKEDO! Vol.1
©Coil 2021
First published in Japan in 2021 by KADOKAWA CORPORATION, Tokyo.
Korean translation rights arranged with KADOKAWA CORPORATION, Tokyo.

한국어 판권은 대원씨아이(주)의 독점 소유입니다.

이 작품은 KADOKAWA CORPORATION과 독점계약한 작품이므로 무단복제할 경우 법의 제재를 받습니다.
잘못 만들어진 책은 구입하신 곳에서 교환해 드립니다.
정가는 표지에 명시되어 있습니다.

ISBN 979-11-423-0804-8 04830
ISBN 979-11-423-0803-1 (세트)